COLLECTION « SEX-LIBRIS »

Abigaël Love
de Dominique Chénier
est le cinquième titre de cette collection.

Abigaël Love

à la très belle
Pascale

Love

De la même autrice

CARNETS URBAINS, Guzzi, collection « Les Interdits », Montréal, 1999.

PURE LIBERTINE, Trait d'union, collection « Sexlibris », Montréal, 2002.

Dominique Chénier

Abigaël Love

ÉDITIONS TRAIT D'UNION
284, square Saint-Louis
Montréal (Québec)
H2X 1A4
Tél. : (514) 985-0136
Téléc. : (514) 985-0344
Courriel : editions@traitdunion.net

Révision : Françoise Da Luca
Mise en pages : Andréa Joseph [PAGEXPRESS]
Illustration de la couverture : André Rowe
Maquette : Olivier Lasser
Photo de la 4e couverture : Marie-Maxime Beauregard

Données de catalogage avant publication (Canada)

Chénier, Dominique, 1963-

Abigaël love : roman

(Sex libris)

ISBN 2-89588-028-X

I. Titre. II. Collection

PS8555.H445A74 2003 C843'.54 C2003-940100-6
PS9555.H445A74 2003
PQ3919.2.C43A74 2003

DISTRIBUTEURS EXCLUSIFS

POUR LE QUÉBEC ET LE CANADA
Édipresse inc.
945, avenue Beaumont
Montréal (Québec)
H3N 1W3
Tél. : (514) 273-6141
Téléc. : (514) 273-7021

POUR LA FRANCE ET LA BELGIQUE
D.E.Q.
30, rue Gay-Lussac
75005 Paris
Tél. : 01 43 54 49 02
Téléc. : 01 43 54 39 15

Nous remercions le Conseil des Arts du Canada ainsi que le gouvernement du Canada (Programme d'aide au développement de l'industrie de l'édition) pour leur soutien financier.

Nous bénéficions d'une subvention d'aide à l'édition de la SODEC.

Pour en savoir davantage sur nos publications, visitez notre site www.traitdunion.net

Dépôt légal : 1er trimestre 2003
Bibliothèque nationale du Québec
Bibliothèque nationale du Canada
ISBN 2-89588-028-X

I

Abigaël

Je suis mariée à Jérôme. En fait, d'aussi loin que je m'en souvienne, j'ai toujours été mariée à Jérôme. C'est comme si, après dix ans, on arrêtait de compter ; comme si le temps n'avait plus d'importance ; comme si nous étions unis au point de ne plus exister individuellement ; comme si, aux yeux des autres, nous ne formions plus qu'un. Où que nous allions, les gens ne peuvent concevoir de nous rencontrer l'un sans l'autre. Moi, je trouve qu'à force de ne former qu'un avec l'autre je ne suis plus personne. C'est sûrement un peu vrai, parce que même Jérôme ne me voit plus. J'ai beau m'acheter de nouveaux vêtements ou changer de coiffure, porter des parfums fleuris ou des décolletés plongeants, rien n'y fait : il n'y plonge pas, il ne me désire plus. Il me fait l'amour comme un automate une fois par mois quand il a eu une bonne journée et que j'ai été gentille, que le dîner a été à son goût et qu'il a fait soleil, qu'une jolie fille lui a adressé un clin d'œil en traversant la rue devant sa voiture à un feu rouge, et qu'il en vient à penser qu'il faudrait bien qu'il accomplisse son devoir conjugal pour me garder heureuse et peut-être même pour me garder tout court. Ces soirs-là, il me réveille en venant se coucher, et il vaut mieux que je sois prête et que je réponde favorablement à ses caresses sinon je devrai m'en passer pendant un autre mois et supporter un grognon au petit-déjeuner. Alors je réponds toujours favorablement, et puis, de toute façon, ça ne me demande aucun effort puisque j'adore le moment où il me cajole les seins et le ventre avec ses mains. Elles sont rugueuses, mais cela me plaît davantage que si elles étaient douces. Donc, j'aime le moment où il me prodigue cette caresse presque autant que celui où il m'écarte les jambes et monte sur moi avec sa verge dure pour me pénétrer comme un loup. Son pénis épouse parfaitement la forme de mon corps comme si j'étais moulée pour lui sur mesure. Il sait exactement où et comment me toucher. Il sait précisément la durée nécessaire pour me faire jouir. Je jouis chaque fois qu'il me fait l'amour et, certaines fois, je dois me dépêcher de venir sinon il vient avant moi, ce qui veut dire que je ne viens pas. Dans ces cas-là, je suis obligée de me satisfaire après qu'il s'est endormi, toute seule avec mon majeur droit dans ma fentine et mes doigts de la main gauche enduits de salive qui tournoient sur mes mamelons dressés.

Mes copines croient que la plupart des hommes aiment voir leur douce se masturber à côté d'eux et que ça les excite, mais moi, mon mec, il considérerait ça comme un échec parce qu'il n'aurait pas réussi à me faire jouir avec son membre comme il le désire. Donc, Jérôme et moi, nous sommes mariés, mais j'ignore si nous sommes autre chose.

L'autre jour, je faisais mes courses ; je me souviens très bien que c'était un samedi parce que la veille, le vendredi, Jérôme avait eu envie de faire l'amour et j'avais joui deux fois tellement c'était bon. Donc, le samedi matin j'avais encore du sperme qui me coulait entre les cuisses et, pour mieux en profiter, pour faire durer le plaisir, en somme, je ne portais pas de culotte. J'ignore pourquoi, mais, les lendemains de l'amour, les hommes ont tendance à être plus réceptifs à mes charmes. Peut-être est-ce simplement parce que les traits de mon visage sont plus détendus, je ne sais pas.

J'étais donc penchée sur le comptoir des produits laitiers. J'adore la lumière vive et la fraîcheur qui s'en dégage parce que ça me fait toujours dresser les mamelons et rosir les joues. J'hésitais entre le beurre salé et le non salé quand un homme s'est penché vers moi et a pris la livre de beurre non salé que je tenais dans ma main gauche. Il m'a regardée en souriant, et il avait un sourire d'enfer, ce type, un sourire d'enfer et une allure à faire damner une moinesse en retraite contemplative. J'ai entrouvert la bouche et levé les yeux vers lui. N'eût été son énorme moustache, je pense que je l'aurais embrassé. Mais comme j'ai horreur des moustaches et qu'il en avait une affreuse, frisée, poivre et sel, retroussée vers le haut comme celle de Sherlock Holmes, j'ai retenu mon baiser. J'ai pensé que ce devait être un policier ou un maniaque ou en tout cas un drôle d'énergumène pour entretenir une telle touffe de poils sous son nez. Moi, je préfère de beaucoup les hommes qui s'esthétisent en se rasant le visage de près, le visage et aussi le pubis. Moi-même, une fois par semaine, je prends ma douche avec Jérôme et je le rase méticuleusement. J'accomplis ce geste tendrement comme un rituel et je le taquine un petit peu avec l'espoir non dissimulé qu'il bande, mais il ne veut pas toujours.

Tandis que ce visage moustachu était tout près du mien et que l'homme tenait la livre de beurre qu'il m'avait prise dans sa main gauche, il a mis sa main droite en étoile sur mon cul et a tâté la marchandise comme s'il avait affaire à une miche de pain qui sortait du four. J'ai eu un accès de moiteur entre les cuisses aussi subit qu'involontaire, ma raie est devenue ruisselante et j'ai cru que mes genoux me lâcheraient; il n'en fut rien. L'inconnu se retourna comme si de rien n'était et s'en alla. Je le perdis de vue quand il tourna dans la rangée des surgelés et je restai plantée là, figée comme la dernière des imbéciles, le sexe mouillé par le geste grossier d'un effronté moustachu que je ne connaissais ni des lèvres ni des dents.

Ce samedi-là, Jérôme était sorti voir un film avec sa sœur. C'était sans doute un peu pour la consoler parce que son mari venait de la quitter pour la énième fois. Aussi, quand je rentrai, il n'y avait personne. Les pièces vides me semblèrent trop grandes. C'est bête, mais j'avais repensé à l'incident stupide du moustachu plusieurs fois dans la journée et là, dans ma chambre, je pleurai comme une Madeleine. Après m'être consolée toute seule, comme à mon habitude, je fis ce constat : ma libido augmentait de jour en jour, ce qui était normal pour une femme de mon âge, et, pendant ce temps, celle de Jérôme diminuait. Je songeai que me frotter aux barreaux des chaises ne m'intéressait pas particulièrement. J'étais persuadée que continuer à refréner mes désirs sexuels me garantirait un cancer dans sept ans et la vie est courte. Je voulais être une femme épanouie.

Je décidai que c'en était assez et que je prendrais un amant. Toutes les autres le font, alors pourquoi pas moi ? À trente-quatre ans et avec toutes mes dents, j'en trouverais bien un qui ferait de moi une dame. Il m'inviterait chez lui le samedi matin pour une partie de broute-minet ou un rodéo. Il me dirait que j'ai de beaux seins. Il voudrait voir mon cul à toute heure et en tout lieu. Il aurait envie de moi. Moi, j'aurais envie de lui administrer une fellation juste en évoquant son nom ; son nom et son odeur.

Son odeur, je me la rappellerais en respirant très fort son chandail imprégné de sueur. Ce chandail, je l'aurais utilisé comme appuie-tête quand nous aurions fait sauvagement l'amour sur la banquette avant, côté passager, de sa voiture tandis que la radio aurait suggéré un rythme endiablé à nos ébats en nous offrant une partie de football enlevée. J'aurais utilisé son chandail comme appuie-tête pour ensuite le subtiliser et le cacher dans mon sac de voyage qui reste au fond du placard de ma chambre cinquante et une semaines par année. Ainsi, de temps à autre, je le sortirais pour le humer très fort, tandis que Jérôme serait aussi excitant qu'un gisant, hypnotisé devant les nouvelles du soir à la télévision. Parfois, ce chandail, je le passerais furieusement entre mes jambes pour mêler mon odeur à celle de mon amant. Mon amant ne m'appellerait jamais le soir parce que la dernière chose qu'il voudrait est que notre idylle soit découverte. Nous aurions un tas de codes secrets que nous seuls comprendrions, des signes indéchiffrables pour le commun des mortels. Il ne voudrait pas que je pleure inutilement ni que je sois malheureuse. Il m'achèterait des chocolats pendant la canicule de juillet. Il éjaculerait parfois sur mon visage et moi je lui hurlerais que ça me plaît. Il déchargerait encore et encore, pendant de longues secondes, jusqu'à ce que mon visage et mes cheveux soient barbouillés de foutre, après quoi, satisfaits, nous rentrerions chacun chez soi, lui en sifflant et moi avec un sourire aux lèvres, celles du haut et celles du bas.

Au début, c'était juste une pensée informe, mais bientôt j'y songeai plus sérieusement et cela finit par devenir une obsession. Je me voyais en train de me faire prendre par untel ou untel, souvent un grand Noir costaud avec des lèvres charnues et un pénis d'enfer. D'autres fois, c'était un homme sans visage assis et bandé. Je m'assoyais sur lui, laissant son membre chaud me pénétrer d'un coup sec ou bien je sautillais et tournoyais comme une machine à jouir.

Peu importe ce que je faisais en réalité ; plier le linge, peler une orange ou décoller du papier peint. Des images torrides me venaient spontanément à l'esprit. J'ai commencé par penser à tous les hommes que je connaissais, ceux qui gravitaient dans mon univers. Je les analysais individuellement, énumérant mentalement leurs avantages et leurs inconvénients, éliminant naturellement et d'emblée ceux qui me répugnaient physiquement, m'attardant à ceux que je trouvais mignons. Que l'un soit le mari d'une copine, l'autre un collègue ou un membre de la famille ne me dérangeait pas. Tout ce qui était pourvu d'un membre viril était un candidat potentiel. Je ne jugeais pas non plus inaptes les vieux ou les plus jeunes que moi. C'était plutôt ma première impression qui comptait ou bien la fantaisie du moment.

Une fois, tandis que nous passions une soirée avec un couple d'amis, Jérôme et moi, j'aguichai l'autre mâle, subtilement mais volontairement. J'écartais les genoux quand je savais qu'il regardait ; je lui adressais des regards de chatte en chaleur en le frôlant dans les escaliers en sortant. Si je sentais que ça lui plaisait, une fois au lit auprès de Jérôme endormi, je me caressais en pensant à lui. J'ouvrais grand mes jambes en grenouille, remuant mes doigts sur mon capuchon d'amour jusqu'à ce que jouissance s'ensuive.

Ainsi, le cœur battant, les yeux ouverts fixant le plafond, je me disais que peut-être, peut-être un jour il me prendrait et me baiserait. J'irais dîner chez lui et sa femme s'absenterait quelques minutes pour aller acheter de la crème trente-cinq pour cent pour rendre son potage onctueux et, pendant ce temps, il me balancerait sa propre crème maison. Il me ferait l'amour très vite sur le canapé. Je n'enlèverais même pas mes chaussures, seulement mes culottes pour le laisser entrer.

Après m'être masturbée en fantasmant, je m'endormais sur cette image. Je savais bien, au fond, que tout cela n'arriverait jamais. Et puis ces rêves et ces techniques de recherche insignifiantes ne m'avaient causé que des ennuis. Il y a, par exemple, un ami de la famille qui a téléphoné à Jérôme pour lui dire que je le draguais. Il a dit que je lui avais fait des avances et que je lui avais demandé de coucher avec lui, l'imbécile. C'était vrai, mais j'ai nié. J'ai dit à Jérôme que son ami était un pauvre type qui souffrait d'un complexe de supériorité et qu'il était peut-être aussi mythomane. Je lui ai dit que j'ignorais pourquoi il voulait briser notre ménage avec ses mensonges, mais qu'en tout cas j'étais certaine d'une chose, c'est qu'il ne m'intéressait pas et ne m'avait jamais intéressée. Jérôme m'a crue et ne lui a plus reparlé depuis. Je l'ai échappé belle, et ça m'a fait réfléchir.

Je me suis dit que si l'homme n'était pas le prédateur, s'il ne chassait pas, c'était perdu d'avance. Je me suis dit qu'il fallait que je change ma tactique d'approche si je voulais aboutir à quelque chose. Ce quelque chose, c'était le plaisir avec un grand P, le plaisir de batifoler dans un lit avec un homme du crépuscule jusqu'à l'aube, le plaisir d'essayer de nouvelles caresses, de céder à mes instincts les plus hardis. Donc, pour arriver à ce quelque chose, il fallait que je parvienne à laisser croire à ma proie que j'étais moi-même cette proie. Je convaincrais l'homme que j'étais la cible, le but, l'objectif, son futur trophée, l'objet qui le mènerait au plaisir. Ainsi, ce serait lui le chasseur, l'initiateur de la poursuite, le vainqueur, le maître de ma destinée.

Ce changement de stratégie, ou l'absence de stratégie, en quelque sorte, m'apporta quelque agrément. Je me souviens d'une fois où je me suis particulièrement bien amusée. C'est tellement fou, rien que d'y penser, j'en ai un petit rire nerveux. C'était un dimanche. Jérôme était parti à la quincaillerie pour chercher du bois à et des clous sans tête pour réparer une porte qui frottait; c'est dire que l'on trouve son plaisir où on peut le dimanche matin. J'étais restée à flâner en déshabillé, quand on a sonné. Je n'attendais personne, mais j'ai ouvert quand même. C'était un jeune homme qui faisait du porte-à-porte, sollicitant des fonds pour son équipe de hockey. Pendant qu'il m'exposait son baratin, j'observais à loisir les formes de son corps. La nature l'avait de toute évidence fort bien pourvu de ce côté-là.

Il avait les muscles pectoraux proéminents et un menton carré avec une petite fossette au centre, des yeux bruns qui lui donnaient l'air stupide, et des cheveux coupés si ras que je me retins difficilement d'y passer la main. Il avait un cul large, ferme et rebondi. Il avait fini de parler et il attendait.

C'était à mon tour de répondre mais, au lieu de cela, je restais coite en le regardant dans les yeux, puis je baissai mon regard vers mes doigts qui fouillaient dans mon porte-monnaie. Je salivais bêtement de la minette, et c'est à ce moment précis que ses dix-sept ans ont été projetés dans son pantalon. Il a dit: « Madame, on voit votre pantoufle à travers votre jupon et ça me fait bander. »

Ah ! les joueurs de hockey, quand même, pour la subtilité, ils n'ont pas leur pareil. J'ai eu envie de lui dire: « Sors-la. Sors-la et montre-la-moi. » Mais j'ai dit: « Voyons, petit voyou, tu devrais avoir honte. Je pourrais être ta mère. » Il a fait les deux pas qui le séparaient de moi et a glissé ses doigts sur ma vulve par-dessus mon déshabillé. Il a agi d'abord timidement, puis, en appuyant plus fermement, de sorte qu'il ne peut qu'avoir senti l'humidité qu'il m'avait causée. De son autre main, il a dénoué sa ceinture et ouvert son pantalon. Il a dit: « Vous pourriez peut-être être ma mère, mais vous mouillez comme une salope et je suis raide comme un cochon, voyez plutôt. »

J'ai laissé tomber mon porte-monnaie quand il a saisi mon poignet. J'ai touché sa verge, qu'il avait sortie pour moi. Elle était grosse, et rouge, et dure comme du bois, tendue comme une corde d'arc prêt à tirer. Elle pointait fièrement vers le haut. J'ai dit : « Je ne sais pas si tu fais ça à toutes les maisons, petit salaud, mais Mme Vadeboncoeur n'a pas dû te la faire facile, avec son gros kyste poilu au menton et son haleine de cheval. »

Ses yeux sont devenus comme fous. À ce moment-là, j'avais mes jambes enroulées sur ses hanches et il marchait vers le salon. « La ferme ! » m'a-t-il dit. Il a posé ses lèvres baveuses sur les miennes et m'a couchée sur le tapis, sous le piano à queue hérité de la marraine de Jérôme. Intérieurement, j'ai remercié Jérôme d'avoir le goût pour ce type de tapis persan laineux et moelleux.

À peine sa verge s'était-elle glissée dans mon vagin que j'ai vu des étoiles. Le jeune gourettier bottait et moi je criais. La fougue de sa jeunesse frétillait dans mon bas-ventre. Suivant son mouvement de va-et-vient, je pissais la cyprine tellement je ne voulais pas qu'il ressorte. Lui semblait s'amuser au moins autant que moi. Il pétrissait mes seins avec ses grands doigts de nigaud. Il a dit : « Je viens, madame, je viens, madame. Est-ce que je peux venir maintenant ? » Je l'ai trouvé poli d'annoncer, quand même.

C'est alors que la frénésie, la force et la douceur de son gland m'ont propulsée dans la joie. Mon orgasme a été fabuleux. La terre a tremblé. Il me tenait les hanches et me secouait comme si j'avais été un pommier à l'automne, quand j'ai senti sa semence brûlante m'enduire l'intérieur. Il s'est laissé retomber sur moi. J'ai aimé son souffle dans mon cou. Soudain, j'ai entendu le bruit familier de la portière de la voiture de Jérôme qui se refermait. Le temps de sortir son bois du coffre de la voiture et de gravir les six marches du balcon, il serait dans le vestibule.

– Allez ! rhabille-toi vite ! Mon mari arrive. Il est moins bien bâti que toi, mais diablement plus intelligent. Si j'étais toi, je ne flânerais pas trop.

Comme si rien de tout cela n'était arrivé, je me suis retrouvée exactement comme j'étais quelques minutes auparavant, debout devant lui à chercher dans mon porte-monnaie. Lui se tenait bien droit et me souriait du même sourire que tout à l'heure. Je lui tendais une pièce de deux dollars au moment où Jérôme franchit le seuil de la porte d'entrée. Ils se sont salués de la tête tous les deux simultanément. Le petit est parti comme il était venu. Jérôme m'a embrassée sur la joue et il a dit :

Tiens, si c'est pas le fils aîné de la Vadeboncoeur qui est déjà devenu un homme.

II

Arthur

Quand je suis venu m'installer au Québec, il y a cinq ans, dans l'espoir d'y trouver du travail, ma femme a préféré rester à Paris. On s'est quittés comme ça ; moi ici, et elle là-bas. Et c'est aussi bien, parce que ce que j'y ai trouvé, au Québec, c'est l'amour. Beaucoup d'amour ! J'ai deux maîtresses. La première, ma maîtresse officielle, est de dix ans mon aînée. La seconde est de dix ans ma cadette. Je me fais un devoir de coucher avec au moins l'une des deux chaque jour que Dieu fait. Tant que je le pourrai, je continuerai d'entretenir ces deux femmes qui, chacune à sa manière, me rendent heureux.

Avec la pitchounette – c'est comme ça que je l'appelle, Pitchounette –, il faut que je me renouvelle sans cesse pour lui plaire. Elle me demande d'essayer tel nouveau jeu qu'elle a vu dans un magazine, et j'ai parfois l'impression que l'âge me rattrapera. Mais pour le moment, ça va. Si je me fie à ses cris d'amour quand elle jouit en me plantant ses griffes dans les fesses, mon coup de reins la satisfait. Et puis le corps, après tout, c'est comme la mécanique, ça reste en bon état tant qu'on l'entretient. C'est pour cela que je fais de la gym tous les matins. Pour être beau pour ma Pitchounette. Et puis c'est logique : plus je fais l'amour avec l'une, meilleur je suis avec l'autre.

Quand je prends Pitchounette dans mes bras, que je serre fort son petit corps tout contre moi et qu'elle rit, je me sens vulnérable. Si elle le savait, elle pourrait me demander n'importe quoi et je le ferais. Elle le sait déjà un peu, et quand elle dit « Arthur, fais ceci » ou « Arthur, je veux cela », je ne lui refuse rien. Je suis à ses pieds. Je lui donne tout parce que j'appréhende le jour où elle tombera amoureuse d'un autre et qu'elle me quittera.

Avec Élise, la plus vieille, c'est un peu le contraire. Plus j'exige, plus elle apprécie. Au lit, s'entend. Parce que dans le quotidien je suis pour ainsi dire à son service. Ses amies lui demandent, un brin d'envie dans la voix, en parlant de moi : « Comment va ton homme rose ? » Je fais tout dans la maison. Elle ne peut pas se plaindre de moi. Pour ses vêtements, par exemple ; comme elle travaille dans une banque, elle s'habille toujours très chic. Moi, en gentilhomme, je m'assure que ses tailleurs et ses chemisiers sont toujours propres et repassés. Elle n'a qu'à choisir. Quand elle rentre le soir, je la sers comme une reine. Il y a toujours un plat chaud qui l'attend. Je fais aussi le ménage, les courses et tout ce que je peux pour lui rendre la vie plus agréable.

Quand elle veut mon corps, c'est une tout autre histoire : elle me veut rose dans sa vie, mais canaille dans son lit. Chaque fois est différente avec Pitchounette, mais avec Élise je procède toujours de la même manière. Et cela fait mon affaire. J'adore barbouiller son petit minois de foutre frais. En fait, rien ne me fait plus plaisir. Je sais qu'elle aime ça, et d'ailleurs je le lui demande sans trêve :

– Tu aimes ça, hein ? Dis-le-moi que tu aimes ça, petite garce.

– Oui, j'aime ça.

– Dis-le encore en me regardant dans les yeux et sans arrêter de me sucer. Dis-le.

– J'aime ça. Je voudrais te le faire encore tout à l'heure. Je veux que tu décharges sur mon visage.

– Tu aimerais ça que je te vienne dans la face, hein ?

– Oui. Tout de suite, allez, donne-la-moi, cette crème.

– Branle-moi.

Elle s'active, obéissante, caressant mon sexe de ses deux mains, déposant de temps à autre un baiser sur mon gland. Quand quelques gouttes de liquide séminal suintent et qu'elle ne les lèche pas, je serre doucement mon prépuce pour en extraire complètement le jus, le recueillant au bout de mon index. Comme si je la bénissais, je le lui étends sur le front, les lèvres, les joues.

Quand je la sens implorante et suffisamment haletante, je la laisse me monter. Je m'étends sur le dos. Elle s'installe au-dessus de moi, bien écartée, montant et descendant pour sentir le gland rebondir. Je pétris ses seins et elle crie. J'aime quand une mèche de cheveux demeure prisonnière dans sa bouche, et j'aime quand elle crie. Parfois, quand elle parvient à insérer mon gland en elle et que ses yeux deviennent vitreux, je retiens ses hanches et interromps tout mouvement, pour éviter de la pénétrer complètement et de ne plus pouvoir me retenir.

Après, je la couche sur le dos. Monté sur elle, agenouillé à la hauteur de ses épaules pour la tenir immobile, je lui balance tout. Tel que promis, je lui envoie mon sperme au visage. Le jet n'en finit plus de jaillir et de beurrer ses joues, ses lèvres et ses paupières.

– Oui, oui, encore, encore ! gémit-elle en tournant la tête lentement, en alternance d'un côté puis de l'autre, comme si je l'avais giflée. J'admire son visage enseveli sous ma semence.

– Tu es belle. Belle à ravir. Demain, je te ferai jouir. Voudras-tu que je te fasse jouir demain ?

– Je veux jouir tout de suite, implore-t-elle.

– Comme tu voudras. Je veux bien te regarder. Fais-toi jouir. Fais-le pour moi.

Docile toujours, elle presse son index et son médius sur sa chatte. Elle croise son autre main dans la mienne et me regarde dans les yeux.

– Regarde ce que tu me fais faire, salaud. Je t'aime. Cela me perdra, mais je t'aime.

Comme elle est déjà chaude et mouillée, elle jouit presque tout de suite. Les yeux mi-clos, elle s'abandonne au plaisir. J'aime cet instant. Nous refaisons toujours la même chose, toujours le même jeu, et jamais je ne m'en lasserai. Parfois, je lui propose une variante :

– Je pensais à cela tout à l'heure : je me place en position *push-up,* toi en dessous, juste à la bonne hauteur, et c'est dans la bouche, jusqu'au fond de la gorge, que je t'enfonce ma pine de plus en plus vite. C'est un piqué extrême, tu peux à peine tenir la cadence et je me retire à la dernière milliseconde pour te décorer le portrait. Pendant ce temps, tu pourrais te caresser, te caresser jusqu'à te faire venir, mais seulement quand j'aurai terminé, pour que je voie bien la jouissance enjoliver ton visage salement beurré.

Tout à l'heure, c'était particulièrement exquis. Nous étions étendus, l'un à côté de l'autre. Je lui ai dit :

– Élise, ma chérie, il est de ces choses qu'on n'oublie pas. Comme ton petit cri lorsque tu as reçu en pleine poire le premier jet de décharge ; je vais le traîner jusqu'à ma mort, celui-là.

Elle rit.

– Si j'avais voulu créer l'effet que t'a causé ce gémissement, si j'en avais eu l'intention, j'en aurais été incapable, n'est-ce pas ?

– Mais tout l'effet était là. Volontaire ou pas, c'était un petit cri, que dis-je, un souffle tout au plus. D'une luxure totale, excitation suprême, plaisir par procuration, surprise, tout à la fois… indescriptible.

– Tu es fou. Et moi je suis folle. Amoureuse d'un disciple de la giclée faciale.

– Tu m'as déjà demandé pourquoi. J'y réfléchissais. Je vais te dire ce que c'est. C'est l'excitation lue sur le visage. C'est la transformation par l'aspersion, la tête légèrement renversée comme en une offrande. C'est l'endroit du corps le plus expressif. C'est le fait de devoir tout effacer avant qu'on nous voie. C'est la chaleur de ta bouche proche, l'acceptation intégrale de ce qui, normalement, n'a pas à être là.

– Tu es un charmant dominateur. Un adorable goujat. Comment puis-je t'aimer ?

Je glissai tendrement ma main dans ses cheveux défaits.

– Il y a aussi un truc évanouissif… Quand la mèche de cheveux sur le côté frissonne sous l'impact de la giclée de foutre qui y atterrit et quand, alors même que tu as le visage tout beurré, ça continue de couler. Tout à l'heure, je pensais bien que tu te demandais si ça allait s'arrêter un jour. Mais tu prenais tout avec délices et en voulais encore et encore, et encore et encore et encore.

– C'est comme ça depuis la toute première fois. Tu te souviens, j'avais omis de sortir la langue au moment opportun pour attraper quelques millilitres de ton miel au vol ; j'avais été surprise par l'abondance du jet. Je n'avais pas la force de te le crier mais en dedans je hurlais : « Encore ! Encore ! » C'est qu'elle était vraiment quelque chose, cette giclée. Superbe ! C'est le moment que j'ai préféré, quand, pour la première fois, tu m'as balancé la crème au visage. J'en ai eu partout, je n'ai eu nul besoin de la chercher comme on passe son doigt au fond d'un pot de crème presque vide pour s'en enduire la poitrine, le cou et le visage. Non, tout était là, tel que promis.

C'est comme ça, entre elle et moi. Nous sommes fous. Amoureux fous. Et dans quelques jours, elle aura quarante ans. Je vais lui organiser une fête, un festin, une petite partie de plaisir entre amis dont elle se souviendra.

III

Abigaël loves Dieu

Je venais de me faire ensemencer par Dieu ; il s'était libéré en moi après un ultime coup de boutoir. J'étais allée danser la salsa avec Élise au *Latino's Club.* Le *Latino's* nous plaisait le samedi parce que nous nous faisions immanquablement inviter à danser par de gros hommes noirs libidineux. Chauffeurs de taxi ou laveurs d'auto le jour, ils se transformaient, le soir venu, en merveilleux danseurs. D'autres, moins habiles, se contentaient d'appuyer la proéminence de leur pantalon sur le bas-ventre d'inconnues en débitant des lieux communs du genre : « Habitez-vous chez vos parents ? » ou « C'est moi qui guide, contente-toi de suivre le pas. »

Entre deux danses, Élise et moi sirotions notre boisson quand nous aperçûmes, à une heure trente-sept précisément, deux superbes spécimens qui faisaient leur entrée. L'un paraissait plutôt costaud, il était rasé de près, élégant dans un habit bleu marine et une chemise blanche au col empesé, tandis que l'autre était grand et mince, superbement mâle dans un pantalon de gabardine beige très seyant. Sa chemise rose, ouverte sur ses pectoraux, laissait entrevoir un torse glabre, mais ô combien attrayant ! Nous fîmes semblant de ne pas les avoir remarqués, laissant nos regards blasés errer sur les quelques couples de danseurs qui occupaient la piste. Même en regardant ailleurs, je ne pouvais oublier ce grand Noir à la poitrine découverte. Je l'avais aperçu à peine cinq secondes. Pourtant son image m'habitait déjà. La pensée de danser avec lui et de coller ma vulve à sa verge à travers nos vêtements ne me quittait pas. J'en eus même un incontrôlable accès de moiteur à l'entrecuisse.

Je remarquai que, faisant fi de la tradition latine voulant que ce soit l'homme qui prenne l'initiative, plusieurs femmes l'invitaient à danser. En plus d'être fort populaire, il dansait divinement bien, ce qui, selon ce que j'appris plus tard, expliquait l'origine de son nom : Dieu. Comme je suis une piètre danseuse, son agilité ne m'incitait pas à imiter les femmes qui le recherchaient. J'aurais trouvé dégradant de le supplier de me pendre à son bras. Je ne sais pas s'il avait remarqué que je l'observais ou s'il était amateur de rousses, mais, au bout d'un moment, il se dirigea vers moi et tendit sa main pour m'inviter à danser. Je fondis et je le suivis, souriante, vers la piste.

Tout ce dont je me souviens, c'est qu'il m'a fait tourner, et tournoyer encore, puis qu'il m'a serrée contre lui, puis soufflé un baiser dans le cou, et que je me suis penchée pour lui chuchoter : « Je veux coucher avec vous. » C'était la première fois que je disais une chose pareille à un inconnu. Ça a marché. Il m'a fait danser encore un peu et, quand j'ai quitté le bar à son bras, traversant le couloir bordé de femmes qui me mitraillaient du regard, j'ai aperçu Élise qui m'adressait un signe de la main.

Dans le taxi qui nous menait chez lui, il m'a dit qu'il mettait toujours des condoms, que sa douche était à ma disposition si je le désirais. Il a cru bon de préciser qu'il préférait cependant mes odeurs corporelles naturelles, comme en cet instant... Il me respirait partout tel un animal. Il léchait mes aisselles en disant que j'étais bonne, qu'il aimait le goût de ma sueur, qu'il était le plus heureux des hommes et moi la femme la plus ravissante qu'il ait jamais rencontrée.

Une fois chez lui, il a continué à me manger et à me respirer comme un fou. Il a sucé mes orteils en faisant des bruits bizarres. Il s'est enfin mis à me faire valser sous les draps. Il bougeait vraiment comme un dieu. On aurait dit que chacun de ses mouvements était causé par une énergie créatrice en harmonie avec la nature. Il baisait si bien que je m'abandonnai et fis tout ce dont il avait envie. Je le laissais me guider comme plus tôt sur la piste de danse, quand, à un moment donné, je me sentis embrochée. Il était en moi, son énorme verge noire enfoncée jusqu'à mon plexus. Nous étions tous les deux mouillés et collés de sueur. C'était étrange de faire l'amour avec un homme au corps si grand et si noir, alors que tout son univers m'était étranger, son odeur, la texture de sa peau et son appartement. Je n'avais pas de repères. Son endurance était exceptionnelle, si bien que ce n'est qu'au lever du jour que j'ai senti qu'il éjaculait en moi. Il se libéra de sa volée laiteuse dans un soupir de satisfaction.

J'avais les yeux grand ouverts. Je n'avais pas joui, mais j'avais apprécié ma soirée. Bien qu'il fût beau, doux et affable, je refusai son invitation à dormir. Un peu parce que j'avais promis à Jérôme de l'accompagner à l'église à midi, et aussi parce que je n'en mourais pas d'envie.

*

Il y a quatre jours que la comptable du bureau de Jérôme a trépassé. Je suis sagement assise, droite, moite et coite sur le banc de l'église. J'entends, sans écouter, les paroles du curé. Je respire l'irrespirable encens sacré en me retenant pour ne pas tousser. Voilà que ça me reprend, mes folles et irrépressibles envies! Je me mordille les lèvres en observant à la dérobée Simon Poirier, le nouveau patron de Jérôme. Il est assis au bord de la rangée devant la mienne, de l'autre côté de l'allée, de sorte que je peux observer son profil. Il est particulièrement séduisant et il a un cul superbe. Je ne lui ferais pas de mal. Je pense que, sous ses airs un peu guindés, ce doit être un sale cochon. Sa femme, quant à elle, doit être une bégueule. Jérôme m'a dit qu'elle s'appelait Solange et qu'il la trouvait jolie. Les traits de son visage sont si doux et son air si candide, presque innocent, que j'hésite entre penser qu'elle est la pire des garces ou bien qu'elle porte une chemise de nuit avec un trou à la hauteur du sexe pour les grandes occasions.

Peut-être que je pourrais suggérer à Jérôme de les inviter à la maison pour un cocktail... Cela ne pourrait qu'être favorable à la carrière de Jérôme, et ça lui ferait sûrement plaisir. C'est ça, oui, je les inviterai. Ainsi, quand nous aurons lié connaissance, je prendrai Simon Poirier à part et je lui dirai : « Venez par ici. Venez et je vous ferai tout ce que vous voudrez. » Je lui dirai : « Monsieur, approchez que je prenne votre queue dans ma bouche et que je m'en beurre les lèvres. » Ah ! ce que je peux être obsédée. Je pense que je vais aller prendre l'air. Oui, quelques pas sur le parvis me feront sûrement du bien.

Pourquoi faut-il toujours que Jérôme insiste pour s'asseoir le plus en avant possible ? Maintenant tout le monde me regarde me diriger vers la sortie. Une fois dehors, je suis récompensée. L'air est tendre. Des enfants courent ou semblent planer joyeusement sur leurs planches à roulettes en criant. Des goélands se disputent bruyamment des bouts de frites lancés par un vieillard installé à une table de pique-nique. Ça sent le vinaigre. Ah ! mon Dieu… Je ne m'y attendais pas, mais M. Poirier m'a suivie. Je me sens rougir au moment où il s'approche de moi.

– Madame, il est temps.

Il regarde à droite, puis à gauche, puis directement dans mes yeux.

– Maintenant que nous voilà tous les deux, il est temps que je vous dise quelque chose, si vous permettez.

– Mais bien sûr, monsieur Poirier. Qu'y a-t-il ?

Parvenant à feindre la nonchalance, je me penche vers lui et je n'en crois tout simplement pas mes oreilles.

– Madame, vous me verriez ravi par-delà tout entendement si vous vouliez bien vous agenouiller devant moi pour vous repaître de mon turgescent membre qui…

Mon Dieu, mais je rêve ! Qu'est-ce qu'il raconte ? Pincez-moi. Est-ce que c'est vrai ? Oui, c'est vrai. Il parle pratiquement sans respirer, il dit :

– Pour vous repaître de mon turgescent membre qui, je le précise pour vos dossiers, est circoncis et fait environ dix-sept centimètres, mais se démarque surtout par une circonférence qui, à moins que vous n'ayez de très longs doigts, vous donnerait du mal à en faire le tour, et est aussi, je dois le dire, doté de proportions dont je tire une certaine fierté bien que je n'y sois pour rien. Si donc, madame, vous acquiesciez avec enthousiasme à ma demande de l'honorer avec tout le talent et le dévouement lascif que je vous devine, sachez que je serais fort aise de vous offrir la réciproque.

Il me dit tout ça en me regardant droit dans les yeux et sans broncher. Quel culot, quand même! Ça promet!

– Madame, nous pourrions être des amants extraordinaires, exceptionnels même, je le sens. Je sais que c'est avec une ferveur confinant à la déliquescence que vous exhiberiez à mon regard glouton votre sexe à la toison rousse coquinement taillée, que vous l'ouvririez même en en écartant les lèvres du bout des doigts, exposant votre bouton gorgé de désir et votre vulve dont vous n'auriez jamais cru, malgré une longue expérience, qu'elle pût être aussi détrempée…

Il parle doucement et moi j'ai un torrent dans ma culotte. Aucun son ne sort de ma bouche et j'affiche un sourire béat, béat et idiot. Les gens commencent à sortir de l'église. En me voyant discuter avec son patron, Jérôme me jette un regard complice et reste à l'écart, à quelques pas. C'est parfait, juste assez loin pour qu'il ne puisse pas entendre nos paroles.

Cette conversation est tellement agréable que je pense que je vais m'évanouir. J'ai attendu ce moment si longtemps que je n'y croyais plus. Je suis incapable de réagir. M. Poirier fait signe à sa femme qu'il la rejoindra dans un instant et il se retourne vers moi en souriant. Il n'a pas fini de parler. Il parle, les mains enfoncées dans ses poches comme un adolescent. Il poursuit comme s'il m'entretenait de la pluie et du beau temps.

– La respiration saccadée, vous m'imploreriez: «Monsieur Poirier, mangez-moi, s'il vous plaît. Si vous ne me mangez pas maintenant, je vais mourir...» Et de la langue, des lèvres, du menton, un ou deux doigts dans votre fente, si telle était votre volonté, je vous dévorerais, je vous dévorerais aussi longtemps que vous pourriez le supporter, et vous oscilleriez entre le plaisir, un plaisir si vif que vous en perdriez pratiquement connaissance, et la presque douleur qui accompagne les sensations extrêmes. Je me saoulerais de votre odeur de femme qui ne s'appartient plus et j'avalerais à grandes lampées votre jus d'amour, prenant bien soin au passage de m'en enduire la totalité du visage, et vous poseriez vos mains sur ma tête ronde. Ensuite, vos sens retrouvés, madame, vous vous tourneriez du côté de ma verge raide, vous en apprécieriez la silhouette, vous ne pourriez résister à la tentation de l'astiquer, de la goûter, de vous l'offrir jusqu'au fond de la gorge où vous sentiriez avec délices affleurer les premières gouttelettes témoignant de l'appétence de l'homme. Vous ne la retireriez de votre bouche chaude et humide que pour en arpenter l'étendue de la langue et des lèvres, laissant traîner un filet de salive gourmande. Vous me boufferiez les couilles pendant que je contemplerais et caresserais doucement, puis plus fort, votre superbe chevelure de feu, et vous reprendriez, gloutonne, ma queue dans votre bouche jusqu'à ce que je n'en puisse plus, puis vous me supplieriez de caresser vos seins mignons, d'honorer de coups de boutoir bien sentis votre corps de femme, et, les jambes bien écartées, vous hurleriez de plaisir quand enfin vous vous feriez asperger l'intérieur de semence brûlante, et vous diriez : « Oh ! monsieur Poirier, puis-je en avoir encore ? »

*

À partir de cet instant, ma conversation avec Simon Poirier ne quitta plus mon esprit. Je me remémorais chaque mot qu'il avait prononcé avec chaque fois plus de plaisir. Je me répétais qu'il me téléphonerait bientôt.

J'étais pratiquement incapable de penser à autre chose. Aussi n'avais-je pas vraiment envie d'aller à la fête du quarantième anniversaire de naissance d'Élise. Mais elle m'y attendait et je ne voulais la décevoir à aucun prix.

Quand nous arrivâmes, Sophie, la fille d'Élise, nous accueillit, Jérôme et moi, en nous sautant au cou. Elle faisait cela depuis qu'elle était petite, sauf qu'elle a eu vingt ans en janvier. Jérôme s'est tourné vers moi : « Sacrée belle petite ! » C'est vrai : le corps de déesse de sa mère et le sourire irrésistible de son défunt père. Elle portait une robe d'été blanche hypersexy et ses longs cheveux bruns tombaient sur ses épaules. Ses yeux noirs, sa peau sombre, tout cela lui donnait un air triste et fatal, ajoutant du mystère à sa beauté.

Pour un jour de fête, finalement, ça s'est avéré plutôt triste, parce que Élise a beaucoup pleuré. Elle en a eu le visage tout défait. Jérôme a remarqué que de la voir ainsi m'affectait. Quand il m'a regardée, j'ai dit : « Je voudrais ne jamais avoir quarante ans. »

Arthur avait préparé un buffet extraordinaire, il est excellent à la cuisine. Nous en étions toutes jalouses à l'époque, quand Élise l'a rencontré. Cela fait déjà quatre ans qu'ils vivent ensemble. Une perle, cet Arthur! Pendant qu'Élise travaille à la banque toute la journée et que Sophie prend des cours à l'université, Arthur popote, fait briller la maison, jardine. Il est du genre à suivre de près le calendrier, au point de savoir mieux qu'Élise quand elle aura ses règles. Elle m'a raconté que, dans ses mauvais jours, quand elle rentre fatiguée du bureau, les pieds enflés, la peau grasse et avec le cafard, Arthur lui prépare un bain chaud, installe des bougies tout autour et fait brûler de l'encens. Ensuite, pendant que le dîner mijote, Élise a droit à un massage complet à l'huile d'amande, se terminant irrémédiablement par une giclée visage-cheveux.

C'est Élise qui m'a parlé de ça pour la première fois. Elle m'a décrit combien elle aime quand il lui éjacule au visage, une petite perversité, comme elle dit, qu'ils partagent tous les deux. Quand elle m'a raconté ça, j'ai eu envie d'essayer aussi. Elle dit qu'il jouit incroyablement à ce moment-là, et qu'elle se sent totalement désirable et offerte.

Je le regarde servir les canapés et je suis incapable de penser à autre chose. Je pense à Simon Poirier. Je m'imagine couchée sur le dos, dans le noir. Je ne sais pas pourquoi il fait noir, mais c'est l'image que j'ai. Il se glisse sur moi, sa verge dure me frôle d'avant en arrière, puis d'arrière en avant. Je mouille. J'ouvre plus grand les cuisses. J'entre mes ongles dans ses fesses pour qu'il me pénètre et lui, impitoyable, continue à faire le papillon avec son sexe, se frottant doucement sur le mien, sans entrer. C'est trempé. « Je t'en prie, rentre un peu, juste un peu. »

Il continue à jouer au papillon. La douceur devient insupportable. Je pense que je vais jouir.

Enfin, à une heure du matin, les invités commencent à partir. Il y avait du monde partout, dans toutes les pièces de l'appartement et même dans le jardin. Quant à moi, je veux aller me coucher pour rêver de Simon.

*

Je passais l'aspirateur au son de la musique qui jouait très fort. J'écoutais Céline Dion parce que, pour le ménage, il n'y a rien de mieux que Céline Dion. Alors, je n'ai pas entendu la sonnerie du téléphone. Mais, en apercevant le voyant lumineux qui scintillait, j'ai couru pour répondre comme si ma vie en dépendait, et cela en valait la peine car c'était Simon Poirier.

– Je vous dérange, j'espère. Que faites-vous ? Êtes-vous en train de rêvasser, de nous imaginer, vous et moi ?

Je n'ai pas eu besoin de répondre. Cela me plaît de parler avec lui parce que je n'ai jamais besoin de chercher ce que je pourrais lui dire. Il parle tout le temps. Il a continué :

– Personnellement, en fait de fantaisie, je me plais à imaginer une dame à la crinière ignée, occupée devant son miroir à placer ses cheveux, alors qu'à son insu un homme s'approche d'elle, lui prend doucement les hanches, effleure sa nuque de ses lèvres afin qu'elle sente pendant d'interminables secondes son souffle chaud avant qu'il se décide à appliquer sa langue sur sa peau où perle déjà la sueur dont il se régale du goût salé. Alors que sa grosse queue dure amorce un mouvement de va-et-vient sur ses fesses, il défait le devant de son peignoir pour enfin admirer le reflet dans le miroir de cette poitrine si affriolante et si puissamment féminine, cette poitrine dont il n'avait jamais aperçu que l'échancrure, dans laquelle il avait tant rêvé d'enfouir un jour son visage avant de lécher goulûment les mamelons dressés. Elle continue de jouer dans ses cheveux, tentant une couette, puis les ramenant derrière l'oreille, puis plaçant une mèche frivole devant son visage, inclinant la tête, se demandant ce qui lui plairait le plus, craignant que ce qui lui arrive ne soit qu'un rêve, croyant l'entendre dénouer sa ceinture et défaire sa braguette, mais sans pouvoir en être certaine, se demandant enfin si ses jambes pourraient tenir le coup s'il l'empalait là, debout, par-derrière.

Il m'a donné rendez-vous chez lui, le lendemain matin à dix heures, pendant que sa femme serait sortie.

IV

Justine

Avant-hier, à la soirée d'anniversaire d'Élise, dans la tiédeur du soir et les vapeurs d'alcool, nous nous sommes assis tous les deux sur le balcon. En me parlant, tu glissas ta main sous ma jupe. Entre mes cuisses, doucement, tes doigts insolents vagabondèrent. Tu as dit : « Ça faisait longtemps que j'y pensais, mais c'est interdit, nous deux. Il y a une ligne que nous ne pouvons franchir, une ligne tracée par les liens qui nous unissent. Le plaisir consisterait à approcher le plus possible de cette ligne sans la traverser. »

Interdit. Soit. Mais pourquoi à nous plus qu'à d'autres ? Tromper n'est-il pas tromper ? La souffrance de se savoir trahi par l'être aimé ne varie pas selon l'identité de l'amant. Qu'il s'agisse d'un étranger ou d'un proche, la colère sera la même, irraisonnée et incontrôlable. Quels que soient l'équilibre et la sagesse qu'un être a acquis au cours de son existence. Quand il se sait trompé, il n'est plus rien. Il est anéanti. Ses valeurs, telles que la confiance et l'estime, s'effondrent avec sa vie. Cette ligne dont tu parles m'apparaît fragile et troublante, comparable au seuil du plaisir extrême et de la douleur.

Quand je t'ai appelé tout à l'heure pour te dire que j'avais envie de toi, que je pensais à toi depuis avant-hier, et pour te demander si tu te souvenais de notre conversation ou si tu étais plus saoul que saoul, tu as répondu que tu te souvenais de tout, que « c'était bon, mais interdit ». Tu as dit aussi que tu voulais éviter que nous ayons des attentes. Tu t'étais simplement trouvé près de moi sur le balcon et « ça sentait bon », tu as tendu la main. C'est tout.

Je regrette de m'être levée pour partir, de ne pas être allée plus loin, un tout petit peu plus loin. Ce tout petit peu aurait suffi pour que ta main s'insinue plus haut, plus au chaud, là où l'humidité suintait, là où ma fente frétillait d'un bonheur précoce à l'approche de tes doigts. J'imaginais la sensation que me procurerait ton corps dans le mien. Cette sensation, je l'imagine encore et mes vaisseaux se dilatent.

Ce qui m'ennuie, c'est que, sobre, tu ne tiens plus le même discours. Moi, depuis l'autre soir, je suis prête, prête à te recevoir, prête à me laisser prendre par ton grand corps viril et puissant. Parfois, pour quelques secondes, mon désir s'assoupit. Mais il est comme l'eau qui dort, un rien le tourmente. Il est vrai qu'avant je ne pensais à toi qu'aux lendemains des fêtes de famille. Mes pensées à ton égard étaient rares, mais salaces. Quand des images lubriques te mettant en scène surgissaient dans mon esprit, je les chassais vivement. « Il ne faut pas ! » me répétais-je pour me convaincre.

L'autre soir, en rentrant chez moi après la fête, je me suis précipitée sur mon lit, après avoir éteint les lumières, fermé la porte et jeté mes vêtements à droite et à gauche, prétextant la fatigue. J'étais pressée. Il fallait que je termine ce que tu avais commencé, que je prenne mon plaisir de toi. Ce soir-là, en imagination, tu me fis jouir. Ce fut le paroxysme d'une joie charnelle inavouable.

Ton apparente indifférence du lendemain m'affecte. Ta désinvolture, cette impossibilité que tu brandis devant mon désir comme si c'était réponse à tout, cet interdit qui nous sépare et nous unit en même temps. Moi, cette interdiction ne fait qu'attiser ma frénésie.

Ce matin encore, j'ai baissé le store pour me soustraire aux regards indiscrets des passants, puis je me suis étendue et caressée en pensant à toi. Nous marchions dans un taillis à la tombée du jour lorsque tu t'arrêtas près d'une cabane de pêcheur. Nous étions seuls. Seuls, mais pas tout à fait, car il y avait toujours cette possibilité d'être vus des voisins, un chalet se trouvant à proximité. Tu poussas la porte, qui s'ouvrit en grinçant. À l'intérieur, quelques outils et des cannes à pêche, de vieux coussins de chaises longues fleuris, aux tons bleus et verts atténués par le soleil et l'oubli, une pénétrante odeur d'humidité, des toiles d'araignées. Tout au fond, un établi de menuisier, une épaisse masse de bois rugueuse et sale. Tu n'as eu qu'à me toucher les hanches pour que je comprenne. Je retirai mon short et grimpai sur l'établi pour m'y asseoir. Solide, il ne broncha pas. Mes genoux repliés, mes fesses dans le bran de scie, je soulevai mon t-shirt pour que tu puisses admirer mes seins, les boire et les palper.

Soudain, ton immense verge devant moi se dressa, fière et prête pour l'action. Ce fut efficace. La hauteur de l'établi se prêta bien au jeu. Tu tiras mes hanches vers toi et je sentis ta verge qui entra en moi telle une décharge de félicité. Ta présence chaude me rassura. Nous restâmes immobiles le temps que nos formes s'épousent et que j'entende nos battements de cœur entremêlés. Puis la valse commença, la danse de nos corps se balançant au bord d'un gouffre. Mes yeux demeurèrent grand ouverts, je les devinai brillants comme des éclairs dans un ciel d'orage. Je t'imprégnai de mon nectar et tu me dis: « C'est bon. » Je te répondis en t'offrant ma gorge à mordre.

Afin de renouveler mon plaisir encore et encore, je revis en imagination notre conversation, lui inventant une courte suite, la relevant de quelques accents. Donc, si j'étais restée un tout petit peu plus longtemps sur le balcon près de toi, tes doigts auraient frôlé ma chatte et tu n'aurais plus reculé. Tu te serais approché davantage. Je me serais assise sur toi, offrant mes seins à ta bouche, écartant bien mes jambes pour sentir à travers les étoffes les poussées de ton désir.

Tel est mon rêve, mais, ce soir-là, nous n'avons rien fait de tel. Ou si peu. Et ce si peu, quelqu'un aurait pu le voir, quelqu'un aurait pu nous surprendre, et c'en aurait été fait de notre bonheur tranquille. Une caresse anodine aurait pu nous coûter nos familles. Mon fils aurait pu nous apercevoir, ne fût-ce qu'un instant, moi la tête renversée, toi la paume de ta main sur ma cuisse. Nous aurions pu être découverts par mon mari, par ta femme. Elle aurait voulu me tuer, t'aurait rendu la vie impossible. Il aurait été anéanti, serait parti. Cette possibilité me fait frémir. Ne vaut-il pas mieux ne pas songer aux conséquences et goûter simplement du bout des lèvres les éphémères voluptés d'une caresse illicite? Et pourtant cela n'a rien de répréhensible en soi, une main qui frôle des reins, des doigts qui se faufilent sur la paroi interne d'une cuisse. Ce geste n'est rien. Ce qui est tout, c'est le plaisir innommable que nous y avons trouvé, un vertige et un délice n'ayant d'égal que la peur d'être pris. Un rien de débordement du désir si longtemps refoulé, agréable et douloureux en même temps. Ce geste tendre tire ainsi toute sa richesse de son impossibilité, étant aussi exquis qu'impensable, aussi doux que non prémédité.

Cette caresse, si je n'y avais mis fin abruptement, en aurait appelé une autre, puis encore une autre, la suivante toujours meilleure que la précédente. Le désir serait monté jusqu'au point de non-retour, jusqu'à ce que nos âmes oublient et que nos corps s'abandonnent à tombeau ouvert à une extase volée et cruelle.

Souviens-toi, quand tes doigts furetaient sur ma peau, j'ai susurré: «Quelqu'un pourrait arriver. - Quelqu'un pourrait nous voir», m'as-tu répondu sans pour autant cesser de promener tes doigts sur moi. Et bien que ta caresse ait été infiniment jouissive, ne me demande pas, alors que je mourais d'envie que tu me touches, comment ni où j'ai trouvé la force d'y résister. Je me suis levée et me suis dirigée vers la porte. Tu m'as suivie, osant un dernier frôlement de ta main sur mes fesses, descendant tes doigts le long de mon entrecuisse au moment où je franchissais le seuil de la maison. Mettant un terme à ce moment d'intimité inclassable, nous sommes retournés auprès des autres.

Ainsi, nous avons presque succombé. Presque. Succomber à l'impossible, n'est-ce pas plus délicieux que la meilleure des fictions ? N'est-ce pas la quintessence du plus doux des rêves ? Le baiser que l'on n'a pas cueilli mais que l'on a attendu, la caresse que l'on n'a pas offerte mais que l'on a espérée, sont meilleurs, par leurs promesses, par la puissance du désir inassouvi, que tout ce que l'on a déjà goûté. Ces jeux interdits sont en nous, enfouis au plus profond de notre jardin secret, prêts à surgir à la moindre occasion. Or, nous savons que nous nous reverrons. À bientôt, mon amour.

V

Abigaël loves Simon

Vous avez fini par m'appeler et m'inviter. C'était vraiment agréable, bien qu'il y ait beaucoup de choses que l'on n'ait pas faites, comme moi de vous dire les pires obscénités, et vous de me pétrir l'intérieur. Pour toutes sortes de raisons, il y a plein de choses que l'on n'a pas faites, la première étant que rares sont les premières rencontres amoureuses entre deux êtres sensibles et cultivés qui sont fabuleuses, contrairement à ce qui se passe dans les films et les romans.

Moi, par exemple, j'étais terriblement excitée, même après, quand vous êtes parti, et pourtant je n'ai pas joui. Pas complètement. Deux fois, j'ai été tout près d'exploser, mais je ne saurais dire ce qui m'a retenue. Je sentais que dans la mesure où les caresses sont délicieusement égoïstes, parce que l'on jouit intérieurement de voir l'autre jouir extérieurement, dans cette mesure je sentais que vous attendiez que je jouisse. Vous étiez généreux de vos caresses et de votre tendresse, et votre pénis était en bonne forme, nous n'étions pas mal du tout pour deux fous qui se connaissent à peine et qui essaient d'aller au bout de leur folie.

Moi non plus, je ne sais pas s'il y aura une prochaine fois. C'est en ce moment précis la question taboue à ne pas poser. Il me faut être sage et attendre, d'une part pour que vous ne pensiez pas que je ne peux me passer de vous. (En fait, rassurez-vous, ce n'est pas ça. C'est juste que j'aurais envie de recommencer. J'ai l'impression que ce serait chaque fois plus fort, avec l'expérience et la synergie de nos deux personnes. C'est cela que je veux dire quand je dis que les premières fois sont rarement les meilleures.) D'autre part, pour savoir quelle est votre position par rapport à notre affaire. Est-ce qu'il s'agit d'un sentiment agréable et vaporeux? Est-ce que la pensée du plaisir que nous avons eu ensemble vous donne envie de me revoir, de poursuivre une liaison? Peut-être est-ce trop tôt pour y songer. En ce moment même, je me dis qu'il n'est absolument pas question que je vous appelle, car je me dévoilerais trop. En même temps, je me dis: «Pourquoi pas?» Nous avons cherché nos limites, pourquoi ne pas continuer à le faire?

Et puis il faut que je vous dise, j'ai comme un herpès, un bouton minuscule et douloureux, sous la lèvre inférieure, du côté gauche. Jérôme m'a demandé où j'avais encore mis ma bouche. En guise de réponse, dès que j'ai été seule dans la salle de bains, j'ai essayé de presser cette sale pustule pour la faire disparaître. Le résultat est pire: j'ai la lèvre apparemment tuméfiée, comme si l'on m'avait battue. Cette petite anomalie me fait réaliser l'ampleur du risque que nous avons couru en nous touchant, en nous frôlant, en nous caressant partout sans protection. Vous savez, j'aurais pu être la reine des salopes et porter sur moi les gènes malades de dizaines de tatoués. Cela dit, je couche avec le même homme depuis des années, sauf pour une aventure d'un soir avec un grand Noir nommé Dieu. Mais il avait utilisé un préservatif, et vous ne couriez donc aucun risque. En revanche, on ne sait jamais, mon homme que je crois fidèle pourrait s'avérer ne pas l'être et m'avoir transmis une cochonnerie qu'à mon tour j'aurais pu vous transmettre. Le risque est minime, mais il existe tout de même.

Mais que dire de vous, gentilhomme libertin et accort ? J'ai pu constater cela à tous les égards : vous êtes avenant, généreux de vos douceurs et de votre désir. Donc, que dire de vous, qui avez couché avec un certain nombre de femmes depuis un certain nombre d'années ? Je ne vous ai pas posé de questions, donc je ne connais de votre vie que ce que vous m'en avez raconté, mais il se peut que vous soyez malade ou porteur d'une infection dégoûtante et que vous ne m'en ayez rien dit. Il se peut aussi que vous n'en sachiez rien vous-même. Au fond, toutes ces possibilités reviennent au même, c'est-à-dire que nous aurions pu, au lieu de vivre une matinée légère et divertissante, transformer nos vies en véritable cauchemar.

Je n'ai pas eu ces pensées ce matin-là, non, plutôt quarante-huit heures plus tard, quand le petit bouton est apparu au bord de ma lèvre et quand l'envie de vous voir m'a reprise. Et il est de toute façon trop tard, le sort en est jeté. C'est fou comme je peux être fataliste, mais j'ai entendu trop d'histoires de vies brisées à cause d'indésirables microbes auxquels on n'avait pas prêté attention au moment opportun.

Quoi qu'il en soit, je vous ai trouvé très respectueux de ne pas m'asséner de coups de boutoir lors de cette première fois. Je dois avouer que, sur le moment, j'ai ressenti cela comme un manque. J'aurais définitivement aimé que vous me pénétriez de votre membre engorgé et me fassiez sentir de quel bois il peut se chauffer quand il est invité dans la chaumière. J'aurais désiré que vous me montriez toute la force du mâle que vous êtes. Quand vous êtes parti, j'étais déçue de ne pas vous avoir senti à l'intérieur de moi, entier et abandonné, comme je l'aurais été moi-même. Peu importe comment vous m'auriez prise, vous dessus ou dessous, couché ou debout, dans la cuisine, en levrette, pourvu que j'eus senti gicler votre abondante décharge.

Aujourd'hui, je vous suis en quelque sorte reconnaissante de ne pas l'avoir fait. Je ne saurais vous pardonner de ne pas en avoir eu envie, mais j'ignore vos raisons. Aussi, je préfère présumer que vous auriez aimé m'enfiler, mais que vous avez jugé plus approprié que nous nous contentions, pour cette fois, de jeux grivois.

Je pense à vous et j'ai envie d'être retorse et perverse. J'ai envie d'être celle qui acquiescera à toutes vos demandes gourmandes et impensables, ces mêmes demandes que d'autres vous refusent parfois, même si elles vous aiment, celles que d'autres vous accordent d'autres fois, parce qu'elles vous aiment. Quoi qu'elles en disent, elles le font uniquement pour vous faire plaisir, tandis que moi, je jouirais en même temps que vous.

Aujourd'hui, je me caresse en pensant à vous, vous réservant l'ultime instant du grand O. L'autre jour, j'aurais voulu le faire pendant que vous m'auriez regardée. Je ne sais pourquoi je ne l'ai pas fait. Il y a des résistances qu'on ne s'explique pas ou qu'on s'explique mal, et qui, finalement, n'ont aucune importance.

Arrêtez-moi si vous ne voulez plus jouer. Redemandez-en si vous pensez que vous pourriez jouir encore plus fort, avec mon corps près du vôtre ou le vôtre dans le mien. Maintenant, je tâcherai de vous oublier au moins pour quelques jours, jusqu'à ce que vous donniez signe de vie. Parce que si je me manifeste la première, que penserez-vous de moi ? Que je suis accro, dépendante affective ou pire, amoureuse. Mais non, je ne pense pas que ce soit le cas. Désireuse de recommencer ne veut pas dire amoureuse.

Honnêtement, j'ai adoré la caresse buccale que vous m'avez prodiguée; je pense que je vais m'abonner. Vous avez du talent. Je recommencerais volontiers, un samedi matin, à neuf heures vingt-huit de préférence. Pendant que les bonnes filles préparent du café pour leur amoureux, que les gentils garçons lisent le journal à la recherche d'un bon restaurant pour emmener leur petite amie bruncher le lendemain, vous, vous me mangeriez la chatte.

C'est curieux, mais depuis vendredi, quand je vais faire pipi, je sens encore un peu votre odeur, votre odeur mêlée à la mienne. J'ai beau me savonner, on dirait qu'il m'en reste dans la peau.

VI

Simon

Abigaël est accorte et douée pour l'amour. Je puis l'affirmer en connaissance de cause puisque cela doit faire une dizaine de fois que je la reçois chez moi à midi. J'aime qu'elle soit prête à tout. Dès l'instant où je l'ai aperçue, je me suis dit: « Tiens, cette rouquine à petits tétons, elle prendra tout ce que je voudrai bien lui donner. » Son penchant pour la débauche est inscrit dans ses gênes et transparaît sous chacun de ses gestes et de ses traits. C'est peut-être pour cette raison que j'ai vite eu envie qu'elle se désaltère à même mon sexe, qu'elle boive la sève de mes couilles. Il aurait fallu que je sois bête pour ne pas remarquer qu'elle me désirait. Il suffisait de regarder ses yeux, qui brûlaient de concupiscence. Ils disaient: « Prenez-moi! » Et elle avait une façon de me reluquer les fesses, la coquine…

J'aime revivre en pensée les moments que nous passons ensemble. Je me concentre, tout en me masturbant. Je revois chaque image, chaque détail, et je jouis de plus belle. Je peux ainsi recommencer une scène qui me plaît des dizaines de fois. Je jouis de mémoire… Ce matin, par exemple, à un moment donné, j'ai crié: «C'est infiniment bon, infiniment bon!»

Je lui tenais les hanches par-derrière, et son cul était beau, on aurait dit que ses fesses ballottaient comme de la gelée de fruit. Comme, tous les deux, nous hoquetions en même temps et qu'elle suivait bien le rythme, je suis sorti de son con pour rentrer dans son cul. Il me tentait atrocement.

J'ai empoigné sa crinière rousse pour être sûr qu'elle ne bouge pas pendant que je lui enfonçais ma pine et j'ai fait un plongeon en piqué, du coup mon gland s'est trouvé à l'étroit dans son petit trou serré. Elle hurlait: «Arrête, arrête, salaud, tu me fais mal!» Et c'était vraiment si serré que je suis venu tout de suite. Je me suis retiré en éjaculant, et le foutre a giclé sur ses fesses, glissé entre ses cuisses, et il y en a eu sur le drap. J'ai dit: «Lèche le drap», et sans lever les yeux, cambrée, à quatre pattes, elle a fait ce que je lui demandais. Dans un mouvement pour l'essuyer, j'ai récupéré sur mon doigt le sperme de sur ses fesses et je le lui ai passé doucement sur la chatte. Elle le méritait bien puisqu'elle n'avait pas joui, du moins pas de façon évidente. À voir les traits de son visage se tendre et se détendre, et se tendre de nouveau, à la façon dont elle cambrait les reins dans un mouvement de balancier, je vis qu'elle prenait goût à mon doigt et, tout en le laissant à sa disposition, légèrement courbé et pénétrant sa fente, je cessai de le bouger de sorte que c'est elle qui se faisait jouir. Et elle faisait ça très bien, rebondissant et glissant sur mon doigt d'honneur. J'avais simplement besoin de l'encourager du regard. Elle se mordillait les lèvres en se tortillant, et ses petits seins pointus se balançaient dans tous les sens.

Elle se laissa retomber sur ma main, engouffrant mon doigt dans son sexe et recouvrant ma paume de cyprine. « Regarde-moi », lui dis-je, mais elle n'obéit pas. Elle fit les yeux blancs et sa bouche se détendit, entrouverte, tandis que son corps entier se crispa. Elle lâcha prise, abandonnant l'étreinte de sa chatte sur ma main. Elle roula sur le dos et, sans s'arrêter, s'assit sur le lit. Elle se leva, puis elle enfila sa robe d'un geste qui me sembla naturel, comme s'il s'agissait de la suite logique du mouvement qu'elle venait d'exécuter. Elle s'observa brièvement dans la glace avant de nouer ses cheveux en une simple queue de cheval bien lisse. Ses joues étaient roses, sa mine sereine. Elle retrouva l'expression qu'elle avait presque en permanence, comme un demi-sourire. Cette fille avait toujours l'air de vous narguer…

Elle glissa ses petons dans ses sandales et sa culotte dans son sac à main. « Il faut que je file, mon chou. » À peine la porte s'était-elle refermée sur ses pas que je souffris de la voir me quitter. Elle n'avait pas franchi le seuil que, déjà, elle me manquait. Un trouble douloureux retrouvait sa place dans ma poitrine.

Je repris assez vite mes esprits. Je me dis que je l'appellerais le lendemain pour lui parler cul au téléphone, que j'enverrais Jérôme quelques jours à notre bureau de Toronto pour qu'on s'amuse, Abi et moi, tandis que la voie serait libre.

VII

Abigaël loves Simon bis

Cette fois, ça y est ! J'ai trouvé chaussure à mon pied, un sale cochon, un libidineux de première, qui n'attend que l'occasion de me faire toutes ces jolies choses qu'il m'a récitées sur le parvis de l'église avec un sang-froid incroyable. Je suis tellement distraite, c'est comme si je flottais. Jérôme me demande si je ne suis pas malade.

Que dois-je faire maintenant ? Dois-je faire quelque chose ? Lui téléphoner ? Non, rien. Je ne ferai rien d'autre qu'attendre. De toute façon, on vient de se quitter il y a quelques minutes à peine, et je n'ai pas le choix. C'est lui le chasseur et moi la proie. Je suis une proie facile et consentante, une bête docile et obéissante, qui ne demande qu'à être mangée. J'ai hâte qu'il me rappelle, hâte qu'il m'invite encore. Rien qu'à l'idée qu'il va m'appeler, j'ai le clitoris qui se dégourdit, je le sens rougir et prêt à sortir de sa tanière. Il faut que je me calme un peu, sinon je deviendrai folle avant d'être consommée. Si je ne fais pas attention, je serai tellement nerveuse au moment venu que je ne pourrai pas jouir, et ce serait plutôt fâcheux.

Se calmer, c'est facile à dire. Dans vingt-quatre heures, je serai en pleine ovulation. Une femme qui ovule ferait n'importe quoi pour trouver une queue à se mettre entre les jambes. Et moi, comme j'y pense déjà, que m'arrivera-t-il? Pour commencer, ce soir, en rêve, je vais violer M. Poirier. Oui, violer Simon n'est pas une mauvaise idée. Je vais lui manger les couilles jusqu'à ce qu'il ait envie de me prendre par derrière, en levrette, en petit chien, jusqu'à ce qu'il asperge mes muqueuses d'un foutre onctueux.

Aujourd'hui, je dois admettre que j'ai été un peu déçue. Il n'a pas tenu sa promesse de me manger la chatte, mais ce n'est pas pour ça. Nous n'avions que quinze minutes pour jouir, parce qu'il s'en allait en réunion, mais ce n'est pas pour ça non plus. Il ne voulait pas que je me déshabille entièrement, au cas où sa femme rentrerait inopinément, mais ce n'est pas non plus la raison de ma déception. C'est peut-être un peu tout ça à la fois, je ne saurais dire…

C'est curieux qu'il ne veuille pas que je me déshabille, sous prétexte que sa femme pourrait arriver. C'est même complètement idiot. Qu'est-ce que ça change qu'elle nous surprenne en train de faire l'amour et que nous soyons complètement nus ou le soyons seulement à moitié? Franchement, pas grand-chose.

Pendant qu'il branlait sa grosse queue à trois centimètres de mon visage, je me masturbais aussi, comme il me l'avait demandé. Je n'étais pas tout à fait prête à jouir. Je sentais le plaisir monter, mais j'aurais eu besoin d'encore un peu de temps. Il n'a pas pu attendre, j'imagine, parce qu'il est venu très vite. Tout de suite après, il était très pressé que je quitte les lieux. Encore sa peur, sans doute, que sa femme n'arrive. À moins que le fait de se trouver en ma présence après avoir joui ne lui soit insupportable ou qu'il trouve cela inutile…

Ces choses-là, on y pense toujours après, jamais pendant. Donc, j'ai été un peu déçue, mais pas tant que ça, quand même. J'avoue que j'ai eu du bon temps.

J'adore le moment où je ressors dans la rue avec du sperme dans la bouche, dans les cheveux ou sur le ventre. Personne ne se doute de rien. Je marche avec une apparente désinvolture en me disant : « Ils ne savent pas, tous ces braves gens, ce que je viens de faire. » C'est paradoxal, car d'autres fois je me dis que le sexe est ordinaire et banal, qu'après tout c'est l'histoire de l'humanité. Tout le monde le fait plus ou moins souvent, les mœurs variant avec les sociétés et les époques, mais tout cela revient au même. C'est une recherche de la jouissance. Il y a celle qu'on retire instantanément, et l'autre, plus durable, mais c'est la même chose.

Aujourd'hui, je n'ai pas joui avec Simon et cela m'a déçue. J'aurais souhaité qu'il ne me déçoive jamais, qu'il agisse toujours au-delà de mes espérances, comme quand il me courtisait avant que je ne couche avec lui. Mais il semble que ça aussi, ce soit l'histoire de l'humanité. Une fois satisfait, l'homme disparaît, jusqu'à ce que l'envie le reprenne. Les femmes sont différentes, elles auraient besoin de petites attentions, même après l'amour. Parce que c'est ça, l'amour, des petites attentions anodines, mais qui rendent la vie plus agréable.

*

– Vous savez, j'ai une petite idée de ce qu'ils peuvent être en train de faire là-haut.

– Je vous en prie, Solange, dites les choses comme vous les pensez. À voir vos yeux inquiets, on dirait que vous croyez qu'ils sont en train de nous cocufier. Vous pensez que mon nouveau patron baise ma femme? Que, quelques minutes après avoir été présentés l'un à l'autre, ils baisent comme des bêtes à l'étage tandis que vous et moi préparons le dîner?

– Bien… c'est-à-dire que… Je n'aime pas ce mot, « cocufier », mais oui, je pense que c'est une possibilité. Si Simon a suivi Cindy à l'étage, ce n'est pas pour voir sa collection d'estampes japonaises. Je le connais, mon Simon. Il va plutôt vite en affaires, si vous voyez ce que je veux dire. Et je puis vous affirmer que votre femme lui plaît beaucoup. J'ai pu le constater en apercevant la bosse sur son pantalon tout à l'heure.

– Moi, ce que j'aime, c'est de la regarder quand elle fait ça avec une femme.

– Pardon ?

– Je dis que ça me plaît bien de regarder Cindy faire l'amour avec une autre femme.

– Je pense que vous devriez les retourner.

– Pardon ?

– Les côtelettes, elles semblent cuites, vous devriez les retourner.

– Solange, pardonnez-moi. Je vous choque ?

– Non, je vous assure que non. Simplement, je ne suis pas habituée à ce que l'on me parle de cette façon. Vous me dévoilez un aspect si intime de votre personnalité… et puis vos goûts sexuels ne me regardent pas.

– C'est vous qui avez commencé à parler de sexe. Vous avez sous-entendu que votre mari et ma femme faisaient l'amour pendant que nous nous occupions du barbecue. Tout de même… Il y a quelques jours à peine que votre mari m'a embauché. Nous venons à peine de lier connaissance. Je vous assure que si Cindy et moi vous avons invités ce soir, c'est sans arrière-pensée. Nous ne cherchons qu'à créer une synergie qui nous permette, à Simon et moi, de partir d'un bon pied dans notre relation professionnelle… Regardez-moi dans les yeux et répondez. Vous pensez réellement qu'ils sont en train de s'envoyer en l'air dans la chambre ? N'est-ce pas un peu ridicule ?

– C'est vrai.

– Ce n'est pas bien de douter d'eux, de s'inventer des histoires d'adultère. Vous vous faites du mal pour rien. La jalousie est un vilain défaut ! Et maintenant voilà que vous rougissez. Et cela vous va bien, Solange… Vous sentiriez-vous rassurée si je montais voir ce qu'ils font ?

– Ah non ! Surtout pas ! Restez avec moi, je vous en prie. Occupons-nous de cette chair tendre, rose et juteuse !

– Bon. Comme vous voudrez. Voilà. Encore trois petites minutes et elles seront rôties à point. Prêtes à être dégustées.

– Pourquoi vous aimez ça ?

– Parce que c'est moins gras que le bœuf et…

– Non ! Je veux dire… pourquoi vous aimez regarder votre femme faire l'amour avec une autre femme ?

– Ha ! Voyez comme c'est vous qui revenez au sexe… Ça m'excite de regarder.

– Vraiment ?

– Oui, Solange. Vraiment. Ça m'excite à un point tel… Vous n'avez pas idée. Je n'ai l'air de rien comme ça, à cuire mes côtelettes, mais depuis tout à l'heure je n'arrête pas d'imaginer Cindy en train de vous sauter.

– Quoi ?

– Oui. Rien que d'y penser, ça me fait mal, tellement je suis bandé. Je suis sûr que vous seriez une amante du tonnerre pour elle, avec votre petit air timide.

– Vous croyez ?

– Il me semble que vous seriez du genre à apprécier de vous faire asséner quelques coups de godemiché bien sentis.

– Des coups de godemiché, moi ?

– Ma femme en a toute une collection. Il y en aurait sûrement un qui vous plairait. Ne me dites pas que vous n'avez jamais essayé, je ne vous croirais pas. Ça vous plaît de vous faire jouir avec un gode, dites ?... Vous voulez bien me tenir le plateau, s'il vous plaît ?

Oui, bien sûr.

– Ha ! Vous avez dit oui. Vous aimez ça, je le savais ! Et vous le feriez pour moi, tandis que je regarderais ?

– Heu... Je disais que oui, je tiendrais votre plateau ! Mais qu'est-ce que vous faites ? Enfin... mais... vous avez vos mains sur mes seins !

– Oui, Solange. J'en profite, tandis que vous avez les mains occupées avec ce plateau de côtelettes odorantes, pour vous peloter la poitrine.

– Mais, doux Jésus, que…

– Ça vous déplaît ?

– Non !

– Parfait. Laissez-vous aller. Voyez, je suis aussi doué pour toucher que pour regarder. À genoux, c'est encore mieux. Ah ! mais ! Dites donc ! Vous ne portez pas de culotte sous votre jupe. C'est cochon, ça, de ne pas porter de culotte quand on va dîner chez des gens qu'on ne connaît pas. Vous faites ça souvent ?

– Seigneur, ils arrivent ! Ils descendent ! Je viens de les voir passer devant la fenêtre du palier. Vite ! Poussez-vous !

– Merde ! Redonnez-moi le plateau. Voilà. Attendez que je vous regarde : ça va, vous êtes bien… Quel dommage, quand même.

– Et… et si on reprenait ça au dessert ?

– Mais qu'est-ce que vous avez à chuchoter, vous deux ? Ça va, Solange chérie ? Mon comptable ne t'ennuie pas trop ?

– Mais non, Simon, pas du tout, il est d'agréable compagnie et, en plus, c'est un cuisinier hors pair. Je suis sûre que ce dîner sera délicieux.

– Je vous l'ai dit, Simon. Je ne suis pas un comptable ordinaire.

– Solange ! Simon ! Chéri ! Tout est prêt et je meurs de faim. Passons à table !

VIII

Simon loves Cindy

Quand je l'ai au bout du fil, cette créature blonde décadente, je ne peux m'empêcher de lui parler cul. Je le faisais avec Abi, mais avec Cindy c'est différent : on dirait qu'elle aime ça autant que moi. Elle a le sens de la répartie. Tout à l'heure, par exemple, il était neuf heures du matin, et nous parlions déjà cru. Je lui ai dit :

– Cindy, tu sais que je suis un pervers, un salaud, un cochon fini. Mais sais-tu que j'aimerais te décharger dessus pendant que tu dégusterais une chatte juteuse ? Penses-tu que tu peux m'arranger ça ?

– Oui, a-t-elle dit. Ce serait bien. Moi, ce que je voudrais, ce serait ta pine enfoncée dans mon con, je la voudrais maintenant. Tu me dirais de te rejoindre dans un bar, et tu me baiserais dans les toilettes. Puis je m'occuperais de toi.

– Qu'est-ce que tu me ferais ?

– Juste te masturber en te regardant dans les yeux jusqu'à ce que tu jouisses. Tu ne peux pas savoir comme j'aime ça.

Il y a eu un bref silence, puis elle a repris :

– Une chatte juteuse, hein ? Ce n'est pas exclu. Il faudrait que la fille me plaise et que tu sois particulièrement attentionné.

– Tu me fais fondre quand tu dis que ce n'est pas exclu. Remarque que je pourrais la bouffer moi-même, cette chatte, mais je ne voudrais pas te rendre jalouse.

– Si tu me donnes un orgasme, je ne serai pas jalouse pour les quelques minutes qui suivront.

– Alors je t'empalerai à fond jusqu'à ce que tu cries grâce, puis je demanderai à l'amie de me masturber. Et tu me lécheras les fesses.

– Tu risques que je ne crie pas grâce, mais garde cette proposition de côté. Je m'en pourlèche les babines rien qu'à y penser. Et je préfère quand c'est moi qui masturbe.

– Et pendant que tu me masturbes vigoureusement, tu dis à l'amie: « Tu vas voir comme je peux lui en faire juter un max. »

– Quand je te reverrai, cochon, je vais encore te lécher les fesses et les couilles. Je te présenterai mes deux mamelles pour que tu les suces en même temps et, après, je te branlerai si vigoureusement que tu éjaculeras plus fort encore que les autres fois.

S'il se passe une journée sans que je la voie, je m'ennuie éperdument. Hier, je lui ai dit: « Ôte ta culotte dans la voiture. J'aime t'imaginer marchant sans dessous sur le trottoir. » Comme, les mercredis, je rentre seulement pour la réunion du conseil à quatorze heures et que Solange travaille, cela me laisse mes matinées libres et je la reçois chez moi.

Elle part aux douze coups de midi. Elle prétend avoir quelques courses à faire, saute dans sa voiture et vient me rejoindre. L'autre jour, elle m'a dit : « Tu devrais me voir quand je viens chez toi. J'ai tellement hâte d'arriver que je conduis en cow-boy, je fais crisser les pneus aux virages. » C'est bien de savoir qu'une fille a tellement hâte de se faire ramoner la chatte qu'elle fait crisser ses pneus aux virages.

La dernière fois qu'elle est venue, ses cheveux étaient ahurissamment sexy. « Tes cheveux sont superbes », lui ai-je dit. Heureuse de se faire complimenter, elle s'est empressée de me détailler sa coiffure : « Quand le temps est humide comme aujourd'hui, je les éponge simplement avec une serviette en sortant de ma douche et je ne les coiffe pas. Tu aimes ? » Je me foutais royalement de sa technique. Sa crinière blonde rayonnait, donnant davantage de profondeur à son regard azur. Légèrement bouclés, indisciplinés, ses cheveux me rendaient fou. Presque aussi fou que lorsque je l'attends, entre midi et midi vingt. Impatient d'une impatience dévorante, lancinante et exquise, presque enfantine, sachant qu'elle sera là dans quelques minutes, qu'elle vient expressément pour me faire jouir, pour me finir, comme elle dit. Et c'est pour cela que je me commence.

Ces derniers jours, comme l'attente était souvent longue, je ressentais des bouffées de plaisir, montant puis redescendant, parfois violemment. Quand je me postais à la fenêtre, j'avais l'imagination vagabonde, songeant que cette cochonne sans limites faisait tout ce chemin pour venir me sucer la queue. Il m'arrivait même d'imaginer que, du balcon, elle me regardait me masturber par la fenêtre ou qu'elle entrait, que je me faisais venir dans ses mains et qu'elle repartait tout de suite en buvant le foutre. C'est dingue, je sais, mais cette fenêtre, c'est inexplicablement excitant.

Pendant les dix minutes qui ont précédé son arrivée, debout à moitié nu derrière la porte, je guettais sa venue par la petite fenêtre en m'astiquant la verge. À mesure que me venaient des images d'elle, mon gland suintait le jus, que je recueillais au bout de mon doigt et sirotais, me languissant de la voir surgir sur le trottoir. Bandé comme un âne, je rêvais avec délectation de sa jupe relevée, dès la porte refermée.

Je m'étonne de constater que les meilleurs moments, ceux qui marquent mon souvenir, ne sont pas ceux pendant lesquels nos organes s'emboîtent, mais bien des instants d'apparence anodine : son arrivée sur le trottoir ou bien quand je l'entends fermer le loquet lorsque je l'attends, flambant nu sur mon lit.

L'attente, toujours l'attente de son arrivée imminente, alors que je la sais en route vers chez moi. Et que dire de la façon qu'elle a de monter les deux escaliers de mon balcon, et ce tout léger *ffffffff* quand elle se saisit de ma verge... Que dire de ses cheveux pas coiffés, tout ondulés, et qu'elle m'a permis de tirer, de la façon qu'elle a de sortir ses nichons un par un pour les laisser salopement sortir de sa blouse, tout pointés, gros et juteux. Comment oublier la fois où elle était totalement nue dans mon vestibule, dix secondes à peine après son arrivée, et qu'elle m'a laissé lui lécher le cul ? Je n'ai jamais vu ça, une cochonne pareille.

Bien que je pense à elle pour des motifs variés et en maintes occasions, j'associe Cindy au plaisir plus qu'à toute autre chose. Notre rencontre est récente, mais son arrivée dans ma vie a tout chamboulé. Abigaël a été pour moi synonyme d'amour. J'avais cru l'aimer dès le premier jour, et je dois maintenant me rendre à l'évidence, admettre que je me suis trompé, que c'est de Cindy que je ne peux plus me passer.

Cela s'est fait insidieusement, sans que je le décide, contre ma volonté. Elle s'est mise à occuper mes rêves de tous les instants. Je la désire en conduisant ma voiture, en déjeunant ou en attendant à la banque.

Avec Abi, tout avait été facile. Les conditions étaient idéales. Nous nous plaisions mutuellement, nous étions bien ensemble. Je crois que je comblais ses attentes et la rendais heureuse d'une certaine manière, mais les choses ne se sont pas passées comme je l'avais prévu. Cindy est arrivée et, bien que je l'aie prise au départ pour une simple distraction, une conquête facile et une aventure sexuelle intéressante, je suis maintenant son pantin, sa marionnette et, aussi bien le dire, son esclave, puisque mon plaisir dépend entièrement d'elle. Je suis entièrement en son pouvoir, et le fait qu'elle soit près de moi ou non n'y change strictement rien.

Quand j'ai senti Abigaël amoureuse, il a fallu que je m'en éloigne, sans la blesser, il a fallu que je lui fasse comprendre que je n'étais pas celui qu'elle attendait. Cela m'a peiné, mais poursuivre une relation exclusive avec elle m'aurait été impossible. Je n'ai jamais compris pourquoi il faut, chaque fois que ça devient amusant, que les femmes s'attachent à moi et cherchent à me mettre le grappin dessus.

IX

Abigaël loves Cindy

Est-il en train de me signifier que toutes ses belles paroles n'étaient que du vent, qu'il récitait toutes ces poésies touchantes et excitantes dans le seul but de me séduire pour m'abandonner ensuite? Me posséder, puis me jeter comme une vieille chaussette?

Il agit comme un enfant qui ne voudrait plus de son nouveau jouet. Les faits ont beau le confirmer, je refuse d'y croire. Je persiste à penser qu'il me reviendra, qu'il réalisera à quel point il a besoin de moi, à quel point il ne peut se passer de mon corps. Et l'on ose dire que les femmes sont difficiles à comprendre! Ce sont plutôt les hommes qui sont imprévisibles. Il me traite comme une reine, il est à mes pieds, haletant, implorant. Il prétend que je suis toute sa vie, que son cœur m'appartient, que penser à moi le fait irrémédiablement bander. Il me fait l'amour comme un fou, puis, du jour au lendemain, je n'existe plus.

Je ne suis plus rien. Il m'ignore et se montre en public pratiquement pendu au cou de Cindy, la femme du nouveau directeur du service de la comptabilité. C'est à croire qu'il l'a embauché, lui, pour la débaucher, elle. Son désir se lit dans ses yeux, il en bave. Il la regarde comme si elle était une déesse et moi je ne compte plus. C'est à n'y rien comprendre. Qu'est-ce que je lui ai fait ?

– Merci, Jérôme chéri. Non, ce n'est pas ce que je voulais. J'aurais préféré un martini, mais ça ira très bien… Qu'est-ce que c'est, au fait ? Ça fait tropical, il y a du jus de fruits là-dedans. Non, je t'assure que je vais bien. Pourquoi dis-tu ça ? Mon mascara a coulé ou quoi ? Non, je n'ai pas eu le plaisir de la rencontrer encore… Cindy, qu'elle s'appelle ? Cindy Ballard, comme la nourriture pour chiens… C'était comme ça, non, *Docteur Ballard* ? Bon, d'accord, je veux bien être gentille, mais est-ce qu'elle parle français, au moins ? Parce que mon anglais n'est pas excellent… Fille de diplomate, elle a voyagé partout dans le monde dès son plus jeune âge et elle est polyglotte, dis-tu. Quel talent, franchement ! Oui, je suis impressionnée.

Bonsoir, Cindy.

Qu'est-ce qu'elle sent bon ! Vachement bon, même. Je comprends Simon d'avoir envie de la manger. Ah ! mais qu'est-ce qu'elle fait ? Elle me touche les oreilles… Je ris, je suis gênée. Quel sourire elle a, la sale petite bête ! Elle est beaucoup trop jolie pour un directeur de la comptabilité et blonde comme un champ de blé, comme un mannequin suédois, comme un cliché.

– Oui, apportez-moi la même chose s'il vous plaît. Heu… non, je ne sais pas ce que c'est.

Elle griffonne quelques mots sur un bout de papier, et elle me le tend discrètement. Elle le glisse dans ma main, la serre dans la sienne et me sourit. Qu'est-ce qu'elle sent bon ! Pendant que Simon lui pose mille questions sans intérêt, j'en profite pour lire son message : « J'aimerais que vous veniez avec moi aux toilettes. Si c'est oui, glissez ce billet dans votre corsage, sinon déchirez-le. »

Ça alors ! *If you can't beat them, join them,* diraient les Anglais. Voilà qui tombe à point nommé. Je glisse cette invitation inespérée dans mon corsage en lui souriant. Qu'est-ce que je peux être provocante quand je m'y mets !

– Vous voulez bien m'accompagner aux toilettes ? J'aurais quelque chose à vous demander.

– Bien sûr, Cindy. Allons-y avant qu'ils ne servent l'entrée. Ma robe, vraiment, vous pensez ce que vous dites ? Merci. Je l'ai faite moi-même. Vous en faire une semblable ? Ah ! mais certainement. De vous voir porter une toilette que j'aurais créée, tout le plaisir serait pour moi. C'est vrai qu'à bien y regarder nos silhouettes se ressemblent, sauf pour la poitrine, que vous avez plus forte que la mienne ! Si vous pouvez l'essayer là, tout de suite ? Oui, oui, d'accord, je n'ai pas d'objection. Au contraire, peut-être qu'après il restera un peu de votre parfum sur moi. Allons dans les toilettes pour handicapés, ainsi nous serons tranquilles. Venez.

C'est fou, cela fait à peine une minute que nous nous sommes rencontrées et c'est comme si nous nous connaissions depuis toujours. Elle prend ma main. Nous rions comme des fillettes. Il y a de l'écho, ça doit être l'alcool qui me tourne la tête.

Cindy, Cindy, que faites-vous ? Je ne sais pas si je peux. Je…

Ses mains sur mes seins, ses mains, sa bouche cherche ma bouche. Elle s'agenouille, soulève ma robe, pose sa bouche sur ma vulve. Je tremble. Je ne bouge pas, je ne bouge plus. La cyprine coule sur mes cuisses. Sa petite langue trouve vite le chemin de mon bouton d'amour. Elle tient mes hanches dans ses mains. Pas avec une femme. C'est impossible. Pas moi. Bon sang, ce que c'est bon ! Elle s'active. Elle entre sa langue pointue profondément dans ma chatte et elle tourne, et elle tourne, et je tourne, et je… Ha !

– Encore, encore, n'arrêtez pas, je vous en prie. N'arrête pas, Cindy. Juste encore un peu, un tout petit peu. Je sens que ça vient, que je viens. Je vais jouir, je jouis…

*

Mon Dieu, pardonnez-moi parce que j'ai péché. J'ai laissé l'eau couler dans le lavabo de la salle de bains tout le temps que j'ai brossé mes dents. C'est mon péché mignon. Il me le faut. J'ai besoin de l'eau qui coule tandis que je me brosse les dents. Je sais que, pour certains, ce serait un crime honteux de gaspiller une ressource naturelle de la sorte. C'est vrai. Je pourrais très bien refermer le robinet pendant que je brosse. Je sais que je gaspille, et je le fais quand même. Mais ce n'est pas du tout important. En ce moment, ce qui compte, c'est Cindy.

Elle me fout l'âme à l'envers, cette femme. Elle m'a fait jouir dans les toilettes pour handicapés du Manoir Vaudreuil en moins de dix minutes. Quand même, cela perturberait n'importe qui. Une démone angélique irrésistible pour ma première fois avec une femme. Je n'aurais jamais pensé que ça m'arriverait. Devrais-je courir chez un psy ? Quand je repense à cet épisode, je n'en reviens tout simplement pas. En matière de lesbianisme, je ne connaissais rien. C'était un concept que j'acceptais, comme toutes les idéologies qui ne nous touchent pas, avec indifférence. Mais à ce moment-là c'était la moindre de mes préoccupations. Je constatais à quelle vitesse je m'apprêtais à atteindre l'orgasme, avec quelle dextérité elle me caressait, alternativement léchant mon clitoris et embrassant ma vulve. Tandis que, les fesses appuyées sur le comptoir du lavabo, j'activais d'une main le robinet d'eau froide derrière moi, passais ma main sous l'eau, puis faisais tournoyer mes doigts mouillés sur mes aréoles pour que mes mamelons se dressent promptement, Cindy s'activait, levant vers moi des yeux à la fois coquins et inquisiteurs, cherchant dans mes traits crispés l'assurance que la caresse me plaisait, que la montée vers le plaisir se poursuivait sans anicroche.

Une dame frappa à la porte. Je me souviens d'avoir ahané un « c'est occupé! » étouffé sans rien perdre de mon ardeur. Je posai mes mains sur les cheveux de Cindy et le contraste de mes ongles peints, écarlates, sur sa tête blonde m'excita davantage, me renvoyant des images de magazine montrant des femmes aux longues jambes et aux escarpins vertigineux.

Je sentais qu'à mesure que j'écartais les jambes elle enfonçait sa langue plus profondément en moi. Je savais que, dans la position où je me trouvais, je n'étais pas à mon avantage, mais c'était trop bon pour que je résiste. Trop bon, avec l'eau qui coulait dans le lavabo comme quand je me brosse les dents, et la divine blonde qui me mangeait la chatte comme si j'avais été un gâteau à la vanille couvert de sucre glace. Je m'accroupis sur son visage, m'écartant encore plus, écrasant son nez pour qu'il rentre plus profondément en moi, et je cédai. Tirant fermement d'une main les cheveux blonds qu'à peine quelques minutes auparavant je haïssais, j'explosai. Je jouis d'une jouissance diaphane, aérienne et violente. Je fus prise de soubresauts et hoquetai de plaisir. Je crus que j'allais m'évanouir, mais je me redressai et regardai Cindy, qui m'adressa un sourire épanoui. Elle se leva et prit mes joues dans ses mains. Elle dit: «Je veux que tu goûtes ton jus d'amour» et insinua sa langue dans ma bouche. Je la sentis chaude et vibrante, et m'abandonnai au baiser.

J'étais encore étourdie de plaisir quand on frappa de nouveau à la porte. Cindy m'aida à rajuster ma robe et je mis de l'ordre à ses cheveux. Elle me prit la main et nous sortîmes en ricanant. De retour à la table, il me sembla que ma vie avait changé et que cette transformation devait se lire sur mon visage, que le plaisir que j'avais pris devait transfigurer mes traits. Je me trompais. Ni Jérôme ni personne ne remarqua quoi que ce soit. En fait, Jérôme me dit simplement: «C'est chouette que vous soyez devenues copines, Mme Ballard et toi.» On ne s'est plus quittées de la soirée. Il y a bien Simon qui a tenté de se joindre à nous, mais Cindy ne l'a pas laissé s'approcher. Soit qu'elle me prenait par le cou, soit qu'elle lui tournait le dos, soit qu'elle l'ignorait.

Simon est peut-être amoureux, mais il n'est pas aveugle. Il a vite compris et est retourné s'asseoir près de sa femme. Il lui a demandé doucement: «Ça va comme tu veux, Solange chérie?» Cindy m'a dit qu'elle savait de bonne source que la «Solange chérie» de Simon couchait avec tout le monde. Ils ont une sorte de mariage ouvert; tout ce qu'il lui demande, c'est d'être discrète et de ne pas avoir de relations sexuelles sans préservatif. Bien renseignée, Cindy a ajouté que Simon, de son côté, ne comptait plus les aventures avec d'autres femmes, mais que, chaque fois qu'il s'entichait de quelqu'une, il finissait par revenir auprès de Solange.

J'adorais le fait que Cindy et moi discutions comme si personne d'autre n'existait. Elle m'a parlé du règne de Vénus. C'est merveilleux, ce truc, un genre d'aura qui vous entoure pour une période donnée de votre vie. Durant cette période, habituellement relativement courte, vous rayonnez. Un charme particulier émane de votre personne. Vous plaisez et vous êtes attirant sexuellement, quel que soit votre âge ou votre apparence physique. Rien ni personne ne vous résiste. Certains connaîtront le règne de Vénus de vingt à vingt-huit ans, ou de trente à trente-trois ans, tandis que pour certains privilégiés il durera deux décennies, ou même plus pour certaines femmes fatales. Quand l'influence de Vénus disparaît, on dirait que cette personne des plus séduisantes, que l'on a connue au sommet de sa gloire, a vieilli tout à coup, que son visage s'est éteint. Le magnétisme n'exerce plus, tout est fini, le règne de Vénus n'opère plus. Un jour, un astrologue a dit à Cindy: « Vous, mademoiselle, votre règne de Vénus est exceptionnellement long. Il durera plusieurs décennies. Profitez-en bien, soyez heureuse. »

Toi aussi, Abigaël, tu es dans ton règne de Vénus. Tu es si belle et si charmante, je suis heureuse de t'avoir rencontrée.

Tandis qu'elle me disait cela, je me perdis littéralement dans le bleu de ses yeux.

*

Le lendemain de notre rencontre, elle m'a téléphoné. Elle m'a dit qu'elle voulait que je l'accompagne dans un sex-shop pour acheter un vibrateur. Elle m'a expliqué qu'elle achetait un nouveau jouet chaque fois qu'elle faisait l'amour avec un nouveau partenaire. Elle a ajouté que cela ferait plaisir à Simon. J'ai eu un pincement au cœur quand elle a parlé de Simon, mais j'ai accepté. Et j'ai bien fait, parce que c'était très amusant. La vendeuse nous a montré tous les articles disponibles: les boules chinoises, les godes et les vibros. Nous avons même goûté à des lubrifiants aux fruits.

J'ai choisi un gode de vingt centimètres, tout rose, à texture agréable. Il simule les coups sur le visage de façon réaliste (j'en ai fait l'essai en magasin). Cindy s'est procuré un vibrateur japonais avec stimulateur clitoridien à deux vitesses, mais qui fait un boucan à faire damner les voisins.

Cindy riait de ce que mon gode était rose. Nous nous en sommes un peu amusées dans la voiture, puis elle l'a surnommé « le Rose ».

Sur le chemin du retour, nous avons parlé de Simon. Je ne voulais pas avoir l'air inquisitrice, mais j'étais avide de savoir. Elle m'a raconté leur première rencontre, lors d'un souper chez elle. Elle avait eu l'idée d'inviter Simon et Solange pour fêter l'embauche de son mari à titre de nouveau directeur de la comptabilité. Or, aussi incroyable que cela puisse paraître, moins d'une demi-heure après qu'ils se furent rencontrés, elle et Simon avaient fait l'amour dans la chambre d'amis pendant que les conjoints s'occupaient du barbecue. Cela avait été comme un coup de foudre, inévitable. Ils s'étaient tout de suite sentis attirés l'un vers l'autre. J'en avais assez d'entendre ça, j'ai changé de sujet.

Le soir, elle m'a rappelée pour me demander si j'avais essayé mon nouveau jouet. Je l'avais essayé.

Je m'étais enfermée dans les toilettes. Elle a voulu que je lui raconte.

– Pour commencer, il faut que je te dise que Simon écoute de l'autre appareil. Il est étendu sur mon lit et il a sorti son pénis. Il se masturbe fébrilement, alors explique-nous en détail ce que tu as fait aux toilettes. Dis-nous comment tu étais placée. Je veux savoir si, pour te faire jouir, tu as enfoncé le Rose ou si tu t'es massé le clitoris en même temps. Combien de coups de boutoir a-t-il fallu ?

– D'accord, je te raconte tout, et moi aussi je m'installe confortablement sur mon lit. Je vais faire comme Simon tandis que je vous parle, ainsi nous serons tous les trois ensemble.

J'entamai mon récit le plus naturellement du monde.

– Je suis allée dans ma chambre pour prendre, dans le tiroir de ma commode, le Rose fraîchement déballé. Je me suis aussi saisie d'une bouteille de lubrifiant à saveur de fruits de la passion que j'ai reçue en cadeau à l'achat. J'ai glissé le tout dans mon sac à main. Je suis entrée dans les toilettes et j'ai verrouillé la porte. J'ai activé le ventilateur du plafond, qui est peu performant, mais particulièrement bruyant, ce qui convenait parfaitement à la situation. Je continue ?

– Je t'en prie ! Je t'en prie ! Nous sommes suspendus à tes lèvres…

– Dans ma hâte, j'ai baissé ma culotte jusqu'aux chevilles en pensant que ce serait suffisant, mais j'ai changé d'avis et retiré une jambe, laissant ma culotte pendre sur une seule cheville. Cela m'offrait plus de liberté. J'ai enduit le gland du gode de lubrifiant. Celui-ci me parut imiter assez bien le sperme, tant par sa texture que par sa couleur. Je l'étendis avec mon doigt, prenant bien soin de couvrir le gland en son entier. J'ai essuyé le reste du produit sur mes mamelons, puis sur mon clitoris et, enfin, toujours en position debout, j'ai passé le gode le long de ma vulve, entre mes lèvres entrouvertes.

J'ai activé la chasse d'eau, puis je me suis assise sur le siège des toilettes. Bien écartée, j'ai entrepris l'insertion du Rose dans ma chatte par de petits coups successifs très brefs qui, bientôt, ne m'ont plus suffi. J'ai enfoncé le jouet doucement, en le tournant légèrement sur lui-même, d'un côté puis de l'autre, puis j'ai eu l'idée de me pencher en avant pour amplifier la sensation. J'ai constaté que le Rose était entré aux trois quarts à l'intérieur de moi. Sa présence a excité mon clitoris, qui a réclamé son dû sans plus attendre. Aussi ai-je lentement retiré le Rose de mon vagin pour l'appuyer fortement sur ma chatte dans un mouvement de va-et-vient rapide et vigoureux.

– Ah ! la retorse ! Ah ! la cochonnette ! Qu'as-tu fait ensuite ?

– Ensuite, je l'ai entré et ressorti, puis je l'ai frotté d'avant en arrière en alternance, dans un rythme aléatoire, pendant une minute ou deux, tout au plus. J'entendais, à chacun de mes mouvements, le drôle de split-splat que faisait le gode au contact du lubrifiant. J'ai joui d'un orgasme bref et violent, le gland à l'entrée de mes nymphes et le corps du jouet appuyé fermement sur mon clitoris. Je le tenais fort, à deux mains. Je pensais à toi, Cindy, en me demandant si je pourrais le faire pendant que tu me regarderais.

– Et tu pourrais? Tu le ferais devant moi, devant nous?

– Tout à l'heure, sûrement, oui. J'ai joui de ce type de plaisir qui satisfait bien, mais qui est de courte durée, ce qui fait que l'envie du sexe réapparaît peu de temps après. Tu es contente?

Je reconnus le bruit du vibro de Cindy qui démarrait.

– Je t'embrasse, ma chérie, m'a-t-elle soufflé avant de raccrocher.

*

Elle m'a demandé: «Abigaël, Abigaël, prête-moi ta robe, tu te souviens, celle que tu portais à la réception, le soir où nous nous sommes rencontrées?» Je ne sais pas si c'est son intonation quand elle a dit: «Abigaël» ou si c'est le ton qu'elle a employé, un ton légèrement implorant, mais je me suis laissé prendre à mon propre jeu. J'avais d'abord cru que je jouais avec elle, mais maintenant c'est elle qui se joue de moi. J'attends qu'elle exprime ses désirs pour avoir l'occasion de les satisfaire. Ce revirement de situation est aussi soudain qu'inattendu, mais c'est très agréable. Je me sens toute changée, tant dans mon corps que dans mon âme. Rien n'est plus pareil. Mon regard, ma façon de parler et de penser sont différents. Je ne saurais dire si je suis redevenue comme j'étais avant, avant Jérôme, ou si je me suis épanouie au contact de Cindy.

Certains prétendraient qu'il s'agit d'un amour saphique, adultérin, impur, mais ils auraient tort, parce que l'amour, c'est l'amour, ce n'est rien d'autre. Cindy est une femme exceptionnelle, un grand cru, une pure race, de celles qu'on ne rencontre qu'une fois dans une vie, une fois dans un siècle. On pourrait voir son portrait peint dans un château, exposé au-dessus de la cheminée. Sur le portrait, elle serait assise, vêtue d'une longue robe d'époque rouge. Elle tiendrait à la main, délicatement posé sur sa cuisse, un éventail. Et même comme cela, elle aurait l'air d'une débauchée, d'une libertine. Il serait impossible d'ignorer qu'elle est la plus garce des garces. Peut-être, dans une autre vie, était-elle la maîtresse d'un roi, sa favorite, la femme entre toutes les femmes, celle avec qui il aimait faire l'amour plus qu'avec aucune autre.

Hier, j'ai croisé Dieu dans la rue. Il était complètement saoul, au bras d'une femme aussi saoule que lui, et ils riaient tous les deux en zigzaguant sur le trottoir. Quand il m'a aperçue, il n'a plus fait attention à la fille. La pauvre s'est presque assommée sur un parcomètre. Il est venu vers moi.

– Abigaël, tu es belle comme un enfer pavé d'Irlandaises et de whisky.

Cela m'a touchée qu'il se souvienne de mon nom et que je lui inspire encore quelque poésie. Mais il empestait l'alcool et je l'ai repoussé. Il est reparti en titubant. Je doute qu'il se souvienne de notre rencontre demain.

*

Tout habillée, étendue sur mon lit, je m'étais assoupie. Je m'éveillai après un rêve érotique étrange. Jérôme m'avait fait l'amour, mais je n'avais pas bougé, ni rien senti. Je n'avais pas joui, mais à la fin j'avais fait semblant, pour qu'il me laisse tranquille. Je secouai la tête, comme pour chasser ces images bizarres. Jérôme dormait à côté de moi. J'ai jeté un coup d'œil sur le radio-réveil.

Il était vingt et une heure. Cindy et Simon m'attendaient à vingt-deux heures trente. Je commençai à m'exciter en songeant à ce que nous ferions tous les trois. Le téléphone sonna. Je ne répondis pas. Ce n'était pas le moment. Pourquoi faut-il toujours que le téléphone sonne quand ce n'est pas le moment? Comme je ne répondais pas, on rappela. Je ne décrochai toujours pas. La troisième fois, je pensai que c'était peut-être important.

– Ne bouge pas, je m'en occupe.

– Oh! je n'en ai nulle intention. Je croule de fatigue. À demain, chérie.

– Je l'embrassai sur le front et cherchai le téléphone sans fil, que je trouvai sous mon linge sale, par terre.

Qui est-ce? marmonna Jérôme.

– C'est Sophie, la fille d'Élise. Elle pleure. Je ne comprends rien. Elle veut que je vienne tout de suite.

L'air sinistre de cette maison qui, hier encore, respirait le bonheur me frappa. Tout était sombre et lourd. Quand j'arrivai, Sophie sanglotait dans la salle de bains, implorant la porcelaine dans un haut-le-cœur et un revirement d'estomac innommables. J'attendis au salon. La mine pâle et déconfite, elle me rejoignit.

– Quand je suis revenue de l'université tout à l'heure, j'ai trouvé maman gisant dans son sang.

Quoi ?

– Elle était étendue au pied de son lit, inconsciente, les poignets tranchés. Il y avait du sang partout.

– Quoi ?

Je m'énervai, je ne savais plus ce que je devais faire. Choquée par la gravité de la situation, me sentant totalement désemparée et inquiète, je répétai : « Quoi ? », et Sophie prit mes bras pour me calmer.

Elle va mieux. Elle est à l'hôpital du Sacré-Cœur.

Comme elle me disait cela, ses spasmes et ses sanglots reprirent de plus belle. Je sentis des larmes couler sur mes joues.

– Viens, ma petite Sophie, allons marcher dehors, l'air t'aidera à retrouver tes esprits. Dehors, tu me raconteras.

Nous marchâmes quelques minutes et l'air du soir eut l'effet escompté. Sophie se calma. Nous nous dirigeâmes vers un banc qu'elle désigna de son index tremblant. Elle s'y assit, le dos droit, les pieds joints, les mains croisées sur les cuisses. Ses yeux qui, tout à l'heure, étaient affolés devinrent fixes, et c'est le regard absent, fixé droit devant elle, qu'elle entama son récit.

– La première fois que c'est arrivé, ce n'était pas prémédité…

La petite étudiait en droit. Je crus que son récit serait teinté de termes juridiques. Je fus embarrassée d'avoir une pensée aussi futile et tentai de chasser cette idée de mon esprit pour pouvoir écouter avec toute mon attention, quelle que soit la façon dont elle s'exprimerait. Je continuai donc de me taire et restai immobile, comme si mon absence de mouvement me permettait d'être plus réceptive.

– C'était en février, il y a trois ans. Je venais d'avoir dix-sept ans. À la Saint-Valentin, j'avais couché avec mon petit ami pour la première fois. Nous avions tout prévu à l'avance. Nous avions réservé une chambre dans un motel, une suite nuptiale avec une baignoire en forme de cœur. Nous étions allés ensemble acheter des préservatifs. Nous avions bu du champagne, et nous étions nerveux. Nous avions fait l'amour plutôt sagement, dans la position du missionnaire, et il avait joui très vite, presque tout de suite, en fait, alors je n'avais pas senti grand-chose. J'avais apprécié, mais j'avais davantage aimé tout ce qui entourait ce moment, qu'il me serre dans ses bras dans un lit de motel, et le fait que nous n'en ayons parlé à personne. Je me sentais aimée, tu sais. Mais pour la baise comme telle, franchement, ce n'était pas la fin du monde. Lui avait beaucoup aimé, il avait voulu recommencer une heure après: exactement pareil. Trois petites minutes et vlan! il déchargeait. Quelques jours plus tard, j'étais tranquille chez moi. C'était un jeudi, et je finissais tôt le jeudi. À quatorze heures, j'étais à la maison et j'en profitais pour faire mes petites choses de fille. Tu sais, me peindre les ongles d'orteils et m'épiler les sourcils, tout ça. Et là…

– Ce n'était pas prémédité, répéta-t-elle en hochant la tête. Arthur faisait la cuisine, il avait plusieurs plats sur le feu, un potage, une macédoine, plein de trucs, et je lui ai demandé s'il aimait la couleur de mon vernis. J'avais choisi un rose fuchsia pas très sobre, dont je doutais. J'ai appuyé mon pied sur une chaise pour le lui montrer. Il s'est penché pour regarder, a frôlé mon mollet avec sa main, a levé les yeux vers les miens. Il a remonté sa main vers ma cuisse, la caressant, et il a murmuré : « Très belle couleur. Très douce, ta peau, très douce. » Je ne sais pas pourquoi, je ne sais pas ce qui m'a pris, c'était comme un instinct, comme un mouvement naturel, j'ai mis ma main sur sa nuque et je l'ai tiré vers moi. Sa bouche a tout de suite pris la mienne, et nous nous sommes embrassés. C'était si chaud. C'était si bon. Rien de comparable avec les baisers malhabiles de mon petit copain. Non, cette fois, c'était un baiser, un vrai, un de ceux qui chavirent et qui transportent.

Bientôt nous fûmes tous les deux corps à corps dans la cuisine, dans les odeurs d'herbes et d'épices. Ses mains me touchaient partout, les miennes l'imitaient. Il a dit : « Viens, viens, Sophie, ma belle Sophie », et je l'ai suivi dans ma chambre. Alors, pour la première fois, j'ai su ce que c'était que d'être mouillée, que d'avoir envie de sentir un pénis entrer à l'intérieur de moi. J'ai su ce que faire l'amour voulait dire. J'ai senti ce qu'étaient l'allégresse, la force d'un coup de boutoir, l'exaltation des corps. Il était en moi, tenant mes deux mains dans les siennes, tournant furieusement sa langue autour de la mienne. Il entrait et sortait sa verge lentement, puis plus vite, il me pétrissait comme je l'avais vu faire cent fois avec la pâte à pain.

J'ai joui, joui, crié dans sa bouche, crié de tout mon corps, et mon cœur battait si vite, et lui à son tour a crié, et j'ai senti son sperme se répandre en moi, et j'ai entouré ses jambes de mes jambes. Nous n'avons plus bougé. J'ignore combien de temps nous sommes restés ainsi. Je me souviens qu'il a pleuré. Ses larmes coulaient sur mon visage pendant qu'il caressait mes cheveux. Moi, je lui souriais, j'étais si heureuse. Il s'est penché vers moi : « Pardonne-moi, Sophie chérie, pardonne-moi. Tu dois me pardonner, et il ne faut plus jamais recommencer, ne plus jamais me laisser recommencer si j'en ai envie, et nous en aurons envie tous les deux. Tu comprends ? »

Sophie poursuivait son récit et moi j'avais la rage au ventre, et les larmes coulaient sur mes joues. Ainsi Arthur couchait avec la mère et la fille. Élise, de dix ans son aînée, Sophie, de dix ans sa cadette. Il devait espérer que ce rêve durerait toujours, que personne n'y mettrait fin. Et il aurait pu en être ainsi, mais le rêve venait de se transformer en cauchemar.

Tu comprends? demanda-t-elle encore.

Je tournai mes yeux vers elle. Elle continua:

– Comme je te disais, ce n'était pas prémédité.

Elle hésita.

– Pour les autres fois, je ne peux pas en dire autant. C'était différent, chaque fois différent.

Sophie éclata en sanglots et redevint inconsolable. Je pensai qu'Élise avait dû les surprendre ou tout deviner, et que cette découverte était à l'origine de son geste. Je raccompagnai Sophie chez elle, mais elle devint hystérique en approchant de la maison. Elle ne voulut pas entrer. Je jugeai qu'il était plus sage qu'elle vienne dormir chez nous. J'allai lui chercher quelques affaires pendant qu'elle m'attendait dans la voiture.

Il était vingt-trois heures cinquante. Sophie redevint calme.

– Je t'en prie, Abigaël, ne dis rien à Jérôme, ne dis rien à Jérôme, ne dis rien…

Ce n'était plus important. Je me rappelai que je venais de manquer mon rendez-vous avec Cindy et Simon, et je me sentis coupable d'y penser. Au feu rouge, avant d'arriver chez nous, Sophie se tourna vers moi :

– Je suis enceinte de lui, et je l'ai avoué à maman.

*

Bien que cette épreuve me forçât à interrompre momentanément ma course aux divertissements, je ne cessais pas de penser à Cindy et à Simon. Je m'imaginais abandonnée à leurs caresses, et me remémorais avec délectation la saveur de leur peau et l'écho de leurs rires.

Le lendemain soir, j'allai rendre visite à Élise à l'hôpital. Elle pleura, et ce ne fut pas drôle du tout, mais je me réjouis de voir que son état s'était beaucoup amélioré. En vingt-quatre heures, elle était parvenue à jeter Arthur dehors et avait décidé qu'elle voulait vivre. Ce n'était pas rien ! Je savais qu'elle était sauvée. Elle me parlait, puis parfois elle s'arrêtait au milieu d'une phrase :

– Ah ! le salaud ! Ah ! le salaud !

J'appris que Sophie avait décidé de ne pas garder l'enfant.

– Je vais louer une maison à la campagne, Abi. Une jolie maison à flanc de montagne, et on ira s'y reposer, Sophie et moi. Tu viendras ?

Pressée de retourner à mes occupations, je filai rencontrer le mari de Cindy, qui m'avait donné rendez-vous pour un verre. J'avais accepté en songeant que ça risquait d'être drôle. Je m'étais dit que s'il avait un jour séduit Cindy, je lui trouverais bien quelque chose de mignon. L'idée que nous puissions avoir une relation intime m'effleura même l'esprit. Or, à peine étais-je arrivée qu'il se mit à sangloter.

Cindy n'est pas rentrée depuis plusieurs jours, geignait-il.

Il avait peur qu'elle le quitte.

– Pourtant, je ne suis pas un mauvais mari.

« Est-ce assez ? Est-ce tout ce que vous avez à lui offrir, que de ne pas être un mauvais mari ? » aurais-je pu lui rétorquer. Mais je me tus.

– Elle ne parle que de vous, Abigaël, que de vous. Et moi je ne suis plus rien sans elle. Je perds tous mes moyens.

– Un homme affranchi tel que vous ? Comment cela, tous vos moyens ?

– Oui ; il n'y a rien à faire. Sans elle, je ne bande plus.

Ainsi, c'est ce qu'il entendait par « plus rien sans elle ».

– Elle seule sait me faire jouir. Vous ne le saviez pas ? Elle ne vous aurait donc pas fait part de mes demandes répétées à votre égard ?

– Non. De quel genre de demandes s'agit-il ?

– Je suis étonné et déçu qu'elle ne vous ait rien demandé. Vous devez vraiment être spéciale pour elle… Ce qu'il y a, Abigaël, c'est que moi, il faut que je la voie bouffer des cons et des culs pour m'amuser. Je m'éclate de la voir enfoncer un gode dans une chatte, tout comme je me régale de l'observer se faire gamahucher. Croyez-moi, cette femme est faite pour cela : geindre et gémir pour le bonheur de son prochain.

J'étais pour le moins étonnée de cette révélation. Dans d'autres circonstances, l'idée de m'exhiber aurait pu m'exciter. Mais la façon qu'il avait de supplier, en oubliant sa dignité, suscitait davantage le dégoût que l'envie. Je songeai que, bien qu'il fût de toute évidence dépendant d'elle, il s'aimait sans doute lui-même à travers elle plus qu'il ne l'aimait.

Je ne sentais pas monter en moi le moindre élan de compassion. J'avais mieux à faire. Je ne songeais qu'à fuir les lieux au plus vite pour m'inventer une petite sauterie à trois. Pourquoi perdre mon temps à écouter ces jérémiades quand je pouvais me trouver au chaud avec une grosse verge à lécher et une chatte à épousseter ? C'était autrement plus urgent. Comme je m'apprêtais à partir, il prit ma main et ne voulut plus la lâcher.

– Je sens son odeur sur votre peau, ne niez pas. Vous savez où elle est. Dites-moi tout ! Comprenez-moi !

Plus il insistait, plus je résistais. Je lui dis que j'étais désolée, qu'elle reviendrait peut-être. Quand il fut calmé, je me dirigeai vers la sortie avec soulagement. Il me fit pitié quand il me lança :

– J'aurais tant souhaité vous voir faire l'amour avec elle. Vous m'avez l'air d'une sacrée salope !

*

Je m'éveillai en sursaut, puis me calmai aussitôt après avoir entrouvert les yeux. Je savais où j'étais. J'étais dans le lit de Simon, avec Simon à ma gauche, profondément endormi, la bouche entrouverte, le souffle régulier et lent, et Cindy à ma droite, son pied sous mon mollet et sa main abandonnée sur mon ventre. De sa tête, je ne voyais que la chevelure blonde qui montait et descendait au rythme de sa respiration. Je sentis mon vagin encore coulant de fluides et les muscles adducteurs de mes cuisses endoloris. Dans ma bouche, je goûtais encore Simon et Cindy. Nous étions tous les trois ensemble tandis que Solange passait toute la semaine chez sa mère. Quant à moi, cela faisait quelques jours que je n'étais pas rentrée à la maison. Je n'avais pas non plus téléphoné à Jérôme. J'étais si occupée à découvrir mon corps et ses possibilités de jouissance, et je m'apercevais que je ne le connaissais pas si bien que cela. J'étais occupée à expérimenter l'amour à trois, à faire frémir la peau de Cindy sous mes doigts, à me faire ensevelir par le sperme vigoureux de Simon. Comment aurais-je pu me préoccuper de choses aussi prosaïques que d'appeler à la maison ? Je chassai très vite cette idée.

J'inspirai profondément par le nez et perçus les odeurs entremêlées de nos corps. La fenêtre tout près du lit était ouverte. Le rideau se gonflait de la lumière de l'aube et du vent de cette fin de nuit. J'emplis mes poumons des parfums d'herbe et de rosée, avec le désir de me laisser gagner de nouveau par le sommeil. Les instants qui le précédèrent furent délicieux, émouvants. Immobile, couchée entre deux êtres que je chérissais, je me remémorais nos ébats. Il me revenait des instants fugaces, des images. Un regard, un soupir, une musique, un rire. Je me revis quand je m'enfonçais le Rose jusqu'à la garde devant Simon et Cindy ébahis, l'entrant et le ressortant avec grâce, sans gêne aucune. Je me souviens de l'expression sur le visage de Cindy. Son sourire s'est transformé, elle a poussé un petit gémissement de satisfaction, puis a remonté ses genoux pour caresser son propre bouton d'amour. Je voyais qu'il était gorgé de désir, il était sorti de son antre et se trémoussait presque en appelant à l'aide. De ses doigts, elle lui imprima un mouvement circulaire, tout en me regardant. J'évoquai cette image en une bouffée de bonheur.

Comme je sentais le plaisir monter, j'accélérai la cadence, et le latex qui appuyait au fond de moi faisait un petit bruit mouillé. Simon s'est approché, il nous a susurré : « Vous êtes trop belles, je ne peux pas vous laisser faire toutes seules. » Il a déposé ses fesses à mes pieds et, nous regardant toutes les deux, il s'est mis à s'astiquer la verge. Cindy a lancé, avec un sourire espiègle : « Je me demande bien qui viendra en premier » et, comme elle disait cela, j'ai cru que j'allais jouir. J'étais vraiment très près de l'orgasme. J'en étais si près que j'en ai été troublée. J'ai eu comme une bouffée d'euphorie, et Simon s'est exclamé :

Je viens, les filles, je viens, regardez !

– Pas tout de suite, lui rétorqua Cindy du tac au tac, attends un peu !

Il obéit, gardant ses yeux grand ouverts, nous fixant l'une après l'autre, et son apparent plaisir se transmit à Cindy qui, bonne première, jouit bruyamment, avec trois doigts enfoncés dans sa fente et deux dans sa bouche. Elle cria un « c'est bon, c'est bon, oui ! » sans équivoque, puis elle dit mon nom, juste mon nom : « Abigaël ! Abigaël Love ! »

Je ne lui résistai pas. Elle s'approcha, me prit le Rose des mains et l'enfouit en moi encore plus profondément que je n'aurais osé le faire. En me penchant, j'aperçus à peine un centimètre du manche qui ressortait. Elle avait tout rentré sans rencontrer la moindre résistance.

– Tu aimes ça? me demanda-t-elle. Dis-moi que tu aimes ça!

Je lui hurlai d'arrêter, que je n'en pouvais plus, que c'était trop, qu'elle était folle et que, oui, j'aimais cela.

Simon dit:

– Je vais la faire taire.

Il vint m'embrasser, me gratifier d'un baiser français, et Cindy continuait de me pétrir l'intérieur avec le jouet. Je n'étais plus maîtresse de moi-même. Mes pensées étaient dissociées de mon corps. Je demeurai ainsi pendant de longues minutes, Cindy maniant précautionneusement le Rose et Simon me couvrant de baisers.

Mes orifices ainsi stimulés et bien remplis, je jouis enfin, alors que je ne l'aurais plus cru possible. Mon plaisir atteignit son paroxysme, je me raidis de pied en cap, puis laissai la vague m'envahir. Ils m'avaient eue.

Simon s'assit sur le lit et dit:

– Ce Rose, sérieux, je ne pensais pas que vous pouviez vous l'enfiler aussi profond et aussi facilement. Je suis dans un tel état, les filles! Savez-vous pendant combien de temps il vous faudrait me pomper le nœud pour que je décharge ? Environ dix secondes.

X

Cindy

Ha! vous, Simon Poirier, vous brouillez les cartes! Rien ne devait se passer de cette manière. Vous me plaisez trop. Plus que je ne l'aurais voulu, plus que je ne l'aurais cru. Je ne veux pas penser à vous. Je m'y refuse. Vous deviez rester dans la légèreté et le divertissement. Pas occuper mes pensées de tous les instants! Il y a mon mari, mon pauvre mari que je n'aime pas et qui ne m'aime pas. Voyez comme il ne faut pas se fier aux apparences. Nous nous séparons le mois prochain. Si nous sommes restés si longtemps ensemble, c'est qu'il aimait me voir avec des filles et que je lui donnais toujours satisfaction.

J'invitais une fille dont j'avais envie; il nous regardait faire l'amour. Il aime ça, deux femmes qui ne s'occupent pas de lui et qui se font des câlins. Il aurait adoré Abi, mais ça n'a pas été possible, parce que je ne voulais pas. Elle est à moi. Abigaël est merveilleuse... mais, c'est vous qui occupez mon esprit, vous surgissez n'importe quand, inopinément. Je croise un homme et il a votre silhouette, je me trouve jolie devant la glace et vous apparaissez. Que nous soyons physiquement séparés n'y change rien. Je me sens continuellement à vos côtés. J'ai un désir de continuité. J'ai envie qu'il y ait une histoire et que vous en soyez le héros. Je vous admire, je vous désire. Ce qui est extraordinaire, c'est que, quand je vous vois, vous êtes pratiquement toujours bandé.

Mais quand vous avez joui, il faut vite que je parte. La dernière fois, vous pensiez que je resterais plus longtemps, vous ne saviez plus trop. Nous étions décalés, nous nous étions donné rendez-vous à neuf heures trente, alors que nous nous voyons d'habitude vers midi. Vous êtes venu quand même, tout s'est passé très vite, comme j'aime.

J'ai hâte de vous revoir. Vous êtes une bête. Je souhaiterais vous retrouver devant une bière, un soir. Nous serions attablés dans un bar ennuyeux et désert, où nous ne connaîtrions personne. Vous m'avez dit que vous vouliez que l'on trouve un autre endroit pour se voir, que votre femme pourrait se douter de quelque chose.

Il y a toujours votre voiture… Quand nous nous rejoindrons vendredi, nous garerons la voiture et nous ferons du *necking*. Mais peut-être ne serais-je pas là vendredi. Si j'ai mes règles demain, je ne serai pas au mieux de ma forme et je ne vous verrai pas. Mais vous en ignorerez la raison. Je vous dirai que j'ai un empêchement, c'est tout. Car je sais que ce qui vous intéresse chez une femme, c'est sa disponibilité, vous ne voulez pas d'engagement. Vous êtes si cochon, chéri, si discret, si brillant, si charmant et aussi un peu rustre quelquefois. Comme quand vous êtes pressé de me voir partir tout de suite après l'orgasme.

Je vous entends récriminer. Quoi que vous en pensiez, après que vous avez joui, il se passe toujours de longues heures avant que vous ne donniez de vos nouvelles, alors que moi je m'ennuie de vous tout de suite. Je voudrais vous lécher les fesses, comme vous me l'avez demandé. C'était ce que vous vouliez la dernière fois, que je lèche vos fesses ! Je pense que ça vous a plu, que ça vous a rendu fou que je lèche votre cul. Vous m'avez dit que vous trouviez cela hautement cochon. Et puis il y a votre autre idée : que je conduise votre voiture les seins nus, pendant que vous seriez installé sur la banquette arrière et que vous vous masturberiez. Les yeux fixes, je vous observerais dans le rétroviseur. Ce serait extraordinaire, le jeu dérobé de nos regards croisés. Aussitôt que je le pourrais, je vous regarderais vous astiquer, mais pas jusqu'à exploser. Vous vous commenceriez et entretiendriez sans vous finir. Vous me laisseriez ce plaisir : prendre, causer, récolter cette giclée de crème blanche et pure, si bonne à boire, hommage à la vie et élixir pour la peau.

Que demander de plus, puisque, ayant mes règles, je serais moins libre de mes mouvements ?

Je sais, cela ne vous dérange pas. Et d'autres femmes que vous avez connues non plus. Mais ce n'est pas vous qui souffrez... Ne vous inquiétez pas toutefois, je m'occuperai de vous. Je vais vous mettre, vous finir, vous faire le travail, et partager votre jouissance. Non, je ne me priverai pas de ce plaisir, même s'il est dangereux, car le besoin d'y revenir sans cesse se glisse, s'insinue en moi. C'est fou comme c'est bon!

Je jouis de vous voir avant même d'arriver chez vous. Quand je m'arrête aux feux rouges ou que je vous imagine m'attendant avec trop de précision, j'ai comme de petits orgasmes, des bouffées fugaces de plaisir qui m'élancent jusque dans la vulve. Quand nous sommes ensemble, je suis comme hypnotisée par votre érection, votre trique d'enfer. Vous êtes incroyable!

J'aimerais être plus souvent et plus longtemps avec vous. Voilà le danger. La pensée de vous me distrait de mes obligations quotidiennes, même importantes. Elle prend toute la place. Elle me dévore, me consume, tout en me donnant de l'énergie. Quand je vous quitte, je ressens un vide, j'ai le sentiment d'avoir perdu quelque chose. Je ne sais jamais si j'entendrai encore parler de vous. Mais, chaque fois, le miracle se reproduit: vous réapparaissez, vous vous manifestez, et je mouille.

XI

Jérôme

C'est vrai que j'ai fait des conneries. De sacrées conneries, même. Je ne me les pardonne pas et ne me les pardonnerai jamais. C'est trop bête, quand même. Je passais mon temps à faire attention, à cultiver l'art de ne pas éveiller les soupçons, pour ne pas faire de mal à ma femme. Je voulais à tout prix lui éviter le mal que lui causerait la découverte de mes saloperies. Ça n'en valait pas la peine, c'était inutile. Non seulement c'était inutile, mais, en plus, ça représentait un tas d'emmerdements. Je surveillais tout ce que je disais et tout ce que je faisais. Rien ne pouvait laisser deviner ce qui se passait. Aucune allusion ne pouvait laisser présumer que j'avais sauté la clôture.

D'ailleurs ça n'était arrivé qu'exceptionnellement, et je me jurais chaque fois que c'était la dernière. J'aimais Abi plus que tout et je ne voyais pas la pertinence de changer quoi que ce soit à ma vie. Quand ça se produisait, je prenais mille précautions. Je ne laissais pas de traces, j'essayais de ne pas adopter d'attitudes bizarres ou inhabituelles qui auraient pu me trahir. Je faisais attention, puis, un jour, je me suis fait pincer pour trois fois rien.

Un samedi soir, ma sœur Justine était chez nous. Elle avait débarqué avec son fils parce qu'elle venait de se quereller avec son mari. On préparait un souper à la bonne franquette. Justine tournait la sauce tomate pour les spaghettis tandis que son fils dessinait sur la table. Abi, souriante comme à son habitude, est entrée dans la cuisine en s'exclamant de son ton mélodieux : « C'est moi ! » Elle a embrassé son neveu et déposé son sac de provisions sur la table. Moi, je me dirigeais vers le réfrigérateur pour prendre une bière et, en passant près de Justine, j'ai mis ma main sur sa putain de cuisse et je lui ai tapoté la fesse en l'embrassant d'un tout petit baiser sur les lèvres. Non, mais quel idiot ! C'était un geste d'affection aussi déplacé qu'irréfléchi. Il était venu tout seul, un geste involontaire dont l'idée n'aurait même pas dû me traverser l'esprit, un mouvement spontané comme ceux que l'on fait dans l'intimité. Au moment même où je le faisais, j'ai réalisé l'ampleur de ma bêtise. J'ai vu les yeux de Justine et j'ai cru qu'ils allaient sortir de leurs orbites. Son visage est devenu rouge comme sa sauce, et ses yeux m'ont dit : « Mais qu'est-ce que tu fais ? Tu es fou, arrête ! » Mais ce n'est pas moi qui ai arrêté, c'est le temps.

Le temps s'est arrêté. Pendant un instant qui m'a semblé une éternité, l'attention de tout le monde s'est concentrée sur ce stupide baiser. Un baiser stupide qui a suffi à semer le doute, un doute sérieux sur la nature de ma relation avec ma sœur.

J'ai tenté un désamorçage. Je me suis exclamé, en hochant la tête :

– Ah ! désolé, je pensais que tu étais ma femme. Maudite boisson… !

Mais c'était trop peu, trop tard, parce que Abi a gueulé :

– C'est pas possible, vous êtes vraiment dégueulasses !

Et elle est partie s'enfermer dans sa chambre en claquant la porte. Le petit s'y est mis aussi :

– Mais qu'est-ce qu'elle a, tante Abi ? Pourquoi elle est fâchée et puis pourquoi tu lui donnes des baisers à ma mère ?

– Viens, mon chéri. Ce n'est rien. Il faut qu'on rentre maintenant.

Le petit ne criait plus, il hurlait :

– Mais on n'a pas encore mangé !

Ils sont partis et je suis resté seul dans la cuisine sans savoir quoi faire, et ça sentait bon la putain de sauce tomate. J'ai fait cuire des pâtes que j'ai mangées tout seul. Abi est restée dans sa chambre une bonne partie de la soirée.

Quand elle en est sortie, j'ai fait comme si de rien n'était. J'ai été gentil avec elle. On n'en a plus reparlé, on est restés tranquilles devant la télé, et c'était aussi bien comme ça. Elle a dû finir par admettre que ce n'était pas grand-chose... J'en ai été quitte pour cette petite scène de ménage. Mettons qu'en plus j'avais frôlé la crise cardiaque, mais finalement tout semblait s'arranger. Quand je me suis couché, elle dormait déjà.

Le lendemain matin, c'était moins tendu. Après le petit-déjeuner, je lui ai dit :

– Abi, je vais à la quincaillerie acheter du bois et des clous sans tête pour réparer la porte de la chambre d'amis. Elle frotte sans bon sens et ça me tape sur les nerfs.

Certains pourraient penser que c'est drôle de vivre avec une bête de sexe. Cela peut paraître attirant et gratifiant de prime abord, mais la réalité est plus complexe. Au début, effectivement, c'est amusant, mais ça devient un défi avec le temps. Quand il faut partager son lit tous les fichus de soirs avec une obsédée, parce que c'est votre femme depuis douze ans, ce n'est pas si facile. Certains jours, on ne peut pas se piffer tous les deux tellement elle est chiante. Pourtant, c'est vrai que dans l'amour c'est quelque chose, cette petite femme. C'est le bonheur ! Au lit et à la cuisine, elle est une vraie déesse ; elle a l'essentiel pour rendre un homme heureux, finalement.

Avant, avec elle, je fournissais généreusement. J'avais toujours les couilles pleines. J'avais toujours envie de baiser. Mais je n'avais pas vraiment de mérite, parce que c'est ça, la passion du début… Faire l'amour deux ou trois fois par jour, partout, n'importe quand ! Toujours les culottes à terre ! Mais après un certain temps, quand tu croules sous les obligations et les hypothèques, quand tu te retrouves comme tout le monde à travailler toute ta vie pour gagner ta croûte, eh bien ! un jour, inévitablement, ça arrive.

Tu la regardes. Elle est toujours belle, chiante mais belle. Et là, elle te fait des reproches pour une peccadille ou pour quelque chose que tu n'as pas fait ou qui n'est pas de ta faute, et c'est assez. Ce soir-là, tu n'as pas envie de la baiser. Non. Pas du tout envie. Et c'est là que vivre avec une bête de sexe devient un problème. Parce qu'elle est insatiable, Abi, c'est un phénomène.

Rien ne freine sa libido ; ni les scènes de ménage, ni la maladie, ni la guerre, ni même la mort. À sa mort, si elle a de la chance, il se trouvera un thanatologue aux tendances nécrophages pour l'enfiler quand elle sera froide.

En plus, les soirs de pleine lune, elle devient folle. Elle est comme une chatte en chaleur, racoleuse et insupportable. Elle se pend à mon cou en minaudant, avec ses yeux pervers et suppliants. Elle fait tout ce qu'elle peut imaginer pour m'exciter. Je sais, je ne devrais pas me plaindre, il y a plein de gars qui seraient contents d'en avoir une comme ça à la maison. Mais toute bonne chose a une fin et, un jour, je me suis mis à vivre ses tentatives de séduction comme des agressions, du harcèlement. Je ne sentais pas qu'elle m'aimait, mais plutôt qu'elle m'utilisait simplement pour son plaisir. Qu'elle voulait seulement un orgasme.

J'ai eu amplement le temps d'analyser cette situation pour affirmer cela sans détour. D'ailleurs, cela va de soi ; une fois qu'elle a joui, elle disparaît presque aussitôt, jusqu'à ce qu'une prochaine envie l'assaille. Mais, cela dit, j'ai toujours aimé Abi. Dès la première fois que je l'ai vue, je l'ai aimée, et jusqu'à ma mort je l'aimerai. Je l'aime d'un amour profond et sincère, malgré tout ce qui s'est passé.

Et moi, s'il ne m'était pas arrivé malheur à cause de ce qu'on a fait, ma sœur et moi, coucher ensemble dans un instant de folie, si on n'avait pas fait cette gaffe monumentale, je n'en serais pas là aujourd'hui. Comme j'ai pu être bête ! Je menais une bonne vie, puis il y a eu ma sœurette Justine et moi qui avons tout gâché, ma vie et celle d'Abi. Abi qui m'aimait.

Je revois comme dans un cauchemar qui recommence sans cesse le visage d'Abi quand elle nous a surpris, Justine et moi, tandis qu'on copulait dans la voiture. Elle n'a pas dit un seul mot et elle est partie en courant. Je ne l'ai pas revue pendant trois jours et trois nuits. Puis, quand elle est rentrée à la maison après ces trois longues journées, elle m'a regardé et m'a lancé :

– Ne m'adresse plus jamais la parole, salaud. C'est brisé. Quelque chose s'est brisé... Jamais je ne pourrai comprendre ni pardonner, je regrette.

C'est à ce moment-là qu'elle s'est mise à coucher à droite et à gauche, avec n'importe qui et avec tout le monde. Elle s'est mise à vivre une vie de dépravée sans que je puisse y faire quoi que ce soit, sans que je puisse le lui reprocher. Je ne pouvais que m'apitoyer sur mon sort.

Quant à Justine, cela me fait un bien fou quand je suis avec elle. Il y a quelque chose en elle qui m'attire irrémédiablement. Je ne lui résiste pas plus qu'elle ne me résiste. C'est pour cela qu'on s'est évités pendant des années. Mais, malgré le temps, je n'ai jamais pu effacer complètement le souvenir de son corps chaud pressé contre le mien quand on a fait l'amour pour la première fois. On avait voulu essayer ensemble, juste pour savoir comment c'était, avant de le faire pour de vrai avec quelqu'un qu'on aimerait. C'était ça, l'idée : le vivre entre nous pour savoir à quoi s'attendre avec les autres, nos vrais amoureux.

J'ai aussi plusieurs autres souvenirs avec Justine que je n'arrive pas à chasser de ma mémoire, comme ce qui s'est passé l'autre soir quand elle était assise près de moi sur le balcon. Le désir montait en moi, c'était inouï. J'ai mis ma main, juste ma main, sur sa putain de cuisse et là j'étais complètement bandé, bandé comme un chevreuil, et j'ai chatouillé l'intérieur de sa cuisse du bout des doigts. Je lui disais que nous deux c'était interdit, et on en est restés là. On est rentrés voir les autres. C'était une petite fête pour le quarantième anniversaire d'une copine d'Abi.

Cette histoire aurait pu se terminer là, mais non... La fois suivante, on était dans ma voiture. Justine était près de moi sur la banquette du passager. Je pouvais sentir son parfum. Elle a sucé son doigt et l'a descendu entre ses cuisses, puis elle a retroussé sa robe et passé son doigt sous sa culotte. Elle m'a alors regardé droit dans les yeux:

Prends-moi, salaud, je sais que tu en meurs d'envie.

Je suis un sale pourri, je sais, je suis un pauvre type, mais je l'ai fait. Je lui ai sauté dessus comme une bête, et je l'ai baisée. Je l'ai enfilée. Elle hurlait de plaisir, tant elle aimait ça, et c'était pareil pour moi. C'était vachement bon, salement bon! Puis on l'a refait comme ça deux ou trois fois, toujours dans la voiture, jusqu'à ce que, par le plus improbable des hasards, Abi arrive tandis qu'on le faisait. La pauvre petite chérie est restée figée sur le trottoir à côté de la voiture. Sans dire un mot, elle s'est enfuie. Qu'est-ce que je lui ai fait mal ! C'est atroce, ce que j'ai fait ! Putain de bordel d'idiot… !

Je m'étais pourtant juré qu'on ne m'y reprendrait plus. Parce que Justine et moi, après notre premier essai quand on était adolescents, on a recommencé quelques fois, jusqu'à ce qu'elle quitte la maison à seize ans pour aller habiter avec son petit ami. Après, elle s'est mariée et a eu son fils. On n'a plus jamais reparlé de tout ça. Disons qu'il n'y avait pas de quoi se péter les bretelles et on le savait. C'était le genre de chose qu'on aurait voulu oublier, y penser le moins possible, l'enfouir dans un coin reculé de sa mémoire et se le pardonner comme on le fait d'une erreur de jeunesse.

On s'est revus pour les baptêmes et les enterrements, pour Noël et tout ça, on ne pouvait pas faire autrement. Mais on évitait de se trouver seuls. On ne voulait pas déranger la vie de l'autre. On ne voulait pas admettre qu'on y pensait encore. On a fait comme si de rien n'était. Personne n'en a jamais rien su.

Et puis voilà, va savoir pourquoi, j'avais fumé un joint avec elle et bu du bon vin, et on s'est retrouvés tous les deux assis l'un près de l'autre dans la tiédeur du soir. Et, alors qu'on se croyait à l'abri, on a voulu y goûter encore. Ce soir-là, sur le balcon, il ne s'est pas vraiment passé grand-chose, mais suffisamment pour qu'on soit tentés d'en faire plus la fois suivante. Et c'est ce qu'on a fait. Dans les jours qui ont suivi, le mari de Justine l'a quittée, et elle est venue souvent chez nous. Le soir, Abi endormie, j'allais la retrouver dans la chambre d'amis.

À force de ne plus la voir, à force de ne plus voir ses pots de crème sur le comptoir de la salle de bains, à force de ne plus dormir à ses côtés, je commence à penser qu'Abigaël ne reviendra plus.

Table

Dans la même collection

Ève Adam, *Les Sept Péchés capiteux*.

Josep Brass, *Ménage à six*.

Dominique Chénier, *Pure libertine*.

François-Xavier Thibeault, *Le Maître et l'Étudiante*.

Cet ouvrage
composé en caractères Adobe Garamond corps 12
a été achevé d'imprimer
sur les presses de l'imprimerie Gauvin
à Hull
le trois février deux mille trois
pour le compte des ÉDITIONS TRAIT D'UNION.